講談社文庫

# ぼんくら(下)

宮部みゆき



講談社

# ぼんくら(下)◆目次

ぼんくら(上)◆目次



題字・扉絵　村上　豊

# ぼんくら

(下)

長い影（承前）

ヨイ〳〵と
思案かさねて胸ふさぎ
ここで官九郎がかあと鳴く

——下巻をお楽しみください

# 七

井筒平四郎は物覚えが悪い。人の顔や名前を覚えるのは大の苦手だ。しかしそれ以上に、込み入った出来事の経緯を覚えておくことはもっと苦手である。これもまた、定町廻り同心には不向きなところだろう。それでもまあ、お役目上のこととあれば、書き付けを作ったり、小平次によくよく言い聞かせて覚えておいてもらうとか、あれこれ工夫をすれば何とかなる。事実なってきた。これまでに平四郎が直に取り扱った込み入った出来事の数など知れたものだ——ということも幸いした。

しかし、そういう忘れっぽい人間の目から見ると、何年どころか何十年も昔の恨み辛みや憎しみを、いつまでもいつまでも引きずっているというのは、一種の特技のように見えてしまうのである。どうして生半可な根性でできることではない。

湊屋の女主人おふじは、十七年も前に彼女の前から姿を消したきり、ずっと消息の知れない葵という女を、今でも当時そのままのみずみずしい気分で憎んでいるらしい。何でまたそんなことになっているんだろうと不審に思うと同時に、平四郎は感心する。おふじの根性は大したものだ、そうは思わねえか——

というようなことを、座敷のなかの涼しい場所を探してゴロゴロと寝転がりながら、平四郎は弓之助に話して聞かせていた。

かの子供は、頻繁に井筒家に出入りしている。むろん、生家の母親の差し金に、平四郎の細君の意向があっての訪問である。最初のうちは、来て何をするかと言えば、平四郎の座敷に顔を出して挨拶をして、そのままそこにちょこなんと座っている。うだるような夏日に、平四郎が居眠りをこいていても、おとなしく座っている。退屈しないかと訊いてみると、うちのなかをあれこれ目測しているから退屈ではないという。それでも、次からは曲尺　鯨尺を持ってきて良いかと尋ねるので、いいよとうなずいてやったら、張り切って持ってきた。

いささか閉口した平四郎は、細君に、あの子を俺のところに預けて何をさせたいんだと訊いた。細君は大いに心外そうに口を尖らせ、あらまあ論語でも読んでやってくださいましとのたまう。自身も八丁堀でとれた女であるくせに、細君は今以て、八丁堀同心という存在を大きく勘違いしているらしいと気づいて平四郎は仰天した。

——やっとうの道場でも探してやった方が、まだましだ。

そう考えて、面倒見の良い朋輩に頼み込み、町人相手でもまっとうに教えてくれると巷でなかなか良い評判をとっている直心影流の道場へ、弓之助を送り込んだ。月々の稽古料は平四郎持ちである。弓之助の生家である河合屋は裕福な商人なのだから、稽古料ぐらいそっちで持てばよさそうなものだと、平四郎は思う。しかし、ゆくゆくは井筒家の跡取りになるべく弓之助を仕込むためにかかる金は、井筒家で出すのが筋ですと細君は言い張るのである。これには少しばかり、細君の、弓之助の母である実姉への見栄というか意地というかその類(たぐい)の感情がからんでいるものであるらしい。普段はいたって仲の良い姉妹なのだから、このあたりは微妙で不思議なものだ。

一方、剣術の道場など三日で逃げ出すのではないかと危ぶまれていた弓之助は、意外なことに、けっこう楽しそうに稽古に通い始めた。道場でもあれやこれやと計ってみせては、稽古仲間たちの度肝(どぎも)を抜いているらしいが、それだけでなく、剣術の筋も悪くはないというから驚きだ。道場は一日おきなので、合間の一日には井筒家に顔を出す。そして感心なことにこの子供は、稽古料を出していただいているので、掃除や水くみぐらいいたしますと、まめまめしく働こうとするのである。

これはまず細君が止めた。ついで小平次が真っ赤になって止めた。坊ちゃんにそんなことをされては、小平次の仕事がなくなりますというのである。

「だけど小平次さんのお仕事は、平四郎叔父上のお役目を手伝うことでしょう?」

利発な子にくるりと問い返されて、小平次はますます真っ赤になった。

「おうちのなかのことも私の仕事なんでございますよ。それに坊ちゃん、ゆくゆくは井筒家の跡目をとろうかという男の子が、廊下を雑巾掛けしたり庭を箒(ほうき)で掃いたりなすっちゃいけません」

という次第で、弓之助はまたぞろ手持ち無沙汰になった。彼は寺子屋で一通りの読み書きそろばんを覚えているので、平四郎にはそれ以上教えることなどない。それでも、しょうがないので、まあ一回手習いでもやってみなと文机に向かわせて筆をとらせると、これがなかなか大人顔負けの立派な字を書く。悪筆で知られる平四郎など十歩ほど下がって恐れはばからなければならないような良い字だ。

——こいつを使わない手はねえな。

そこで平四郎は、二日に一度、日々の見廻りで起こった出来事で覚えておかねばならぬことを弓之助に書き取らせることを始めた。御番所に出す書き物でも、期限がとっくに過ぎていたりして書役に頼みにくいものは、弓之助に書かせる。ついでに修業にもなるから一石二鳥だと、まったくもって悦にいる気分である。子供というのは手がかかるばかりの厄介な代物だと思っていたが、弓之助は逆であった。本気で養子にすることを考えてもいいかもしれない。

さて、こうして今朝方のことである。前日にも増して暑い夏の一日に、平四郎はふと思い立った。ここまでのあらましと今のところ自分の考えているところなどをまとめて、ひとつ〝黒豆〟に返書でも書こうか。たねを明かせば、朝のうちからあまりにどぎつい日差しが照りつけるので気を殺がれてしまい、今日はなんとか見廻りをせずに済ませたい、せめて日が傾いてしのぎやすくなるか、夕立が通り過ぎて涼風が立つまでは外に出たくない、なんとか家にいて用事を見つけられないものかと、平四郎なりに知恵を絞ったというだけのことなのだが。

弓之助を使って〝黒豆〟への返書を書かせるには、平四郎は文案を考え、それを声に出して言わねばならない。そして平四郎は、ひと渡り語ったところで、おとなしくしずしずと筆を動かしている弓之助に、彼の感想を聞いてみたくなった。八百富の事件から洗い直すべきかもしれぬとか、湊屋の不可解な動きの裏には、女主人おふじの葵に対する執念深い恨み辛みが隠れているのではないかとか、そんな事どもは、平四郎の意見である。少々変わり者ではあるが頭の回転の速いこの子供に、これらの意見がどう見えるだろうかと、ふと気になった。そこでまず、一人の人間が他の人間を十数年も恨み続けるなんて芸当は凄い、お前はそういうのをどう思う？　などと話を振ってみたのだった。

「河合屋の母は――」

筆を持ったまま、まん丸な黒い瞳をくるっと平四郎の方へ向けて、弓之助は言った。

「父が祝言（しゅうげん）の三日後に、寝言で別の女の名を呼んだということで、今でもたいそう怒っております」

「うへえ」と、平四郎は小平次のお株を奪う合いの手を入れた。「そいつはたいした悋気（りんき）の火の玉だ。それにしても、なんでお前がそんなことを知ってるんだい？」

「父も母も大声で言い合いをいたしますから」

平四郎は、細君の姉である河合屋のお内儀(かみ)の取り澄まして整った顔を思い浮かべた。ふーん、あれがねえ。

「大番頭は、言い合いが始まりますと、そらまたくちなわとお獅子(しし)の喧嘩だと申して逃げてしまいます」

平四郎は座敷に寝転がったまま天井に向かって大いに笑った。ごろりと寝返りを打つと、肘枕(ひじまくら)をして弓之助を見る。彼もニコニコしていた。

「そういやあ、河合屋の主人はお獅子のような顔をしてるなあ。小鼻がこう、おっぴろがってな」

「はい、こうおっぴろがっておりますね」

「お前はおっかさんに似たんだな」

「どうもそのようです」弓之助は丁寧な手つきで筆を硯箱(すずりばこ)のなかに収めると、ちょっと眉を寄せた。

「それで母が心配しているのです。商人には不向きだと」

「小鼻が商人としての出来と関わりあるのかい？」

「商人は、こう、小鼻がおっぴろがっている方がよろしいのだそうです。河合屋では代々、主はみんなお獅子のような顔をしています。幸い、わたくしの長兄も次兄も」

「おっぴろがってるのか。気の毒だねえ。兄貴たちは、さぞかしお前をうらやんでいるだろうよ」

「もしも叔父上のおっしゃるとおりならば、その気持ちは、兄たちもわたくしも元気でいるうちは、ずっとずっと続いてゆくんでございましょうね」

弓之助は何気なく言った。平四郎も何気なく聞いたが、ひと呼吸おいて、それがさっきの問いかけへの答になっているのだということに気がついた。

「やっぱり、憎らしいとかうらやましいとかいう気持ちは、年月で消えたりしないもんだと、お前は考えているわけか」

「どうもそんなふうに思われます」

「うーん」

平四郎は鼻柱をごしごしこすった。昨夜無防備に寝ている隙に、鼻の脇を蚊に食われたようであった。蚊帳(かや)に穴が空いているのかもしれぬ。

「まあな、それでもよ、面つき合わせて憎みあってるというのなら、俺にもまだわかるんだ。しかしなあ、おふじの場合はそうじゃない。葵って女は、とっくのとうに湊屋から姿を消しているんだぜ。十七年前のことだ。十七年といったら、生まれたての赤ん坊が十七歳の小町娘に育つくらいの年月だ。だろう？　俺なんざ、十七年も一人の女の顔を覚えていること自体、できねえよ」

弓之助は首をかしげた。そしてぽつりと呟いた。

「本当に……葵さんは姿を消しているのでしょうか」

「あん？」

平四郎は首を起こした。弓之助のところからは見おろす形になるその顔が、よほどおかしかったのだろう、子供はあははと笑った。

「いえ、実際に葵さんは、十七年も昔に、湊屋からいなくなったきりなのでしょう。それでも、葵さんのことを思い出させる事柄は、湊屋さんのなかに残っているのではないでしょうか」

平四郎は考えた。「年頃になるにつれて、みすずが若い頃の葵に似てきたってことか……」

「そうですね。それに鉄瓶長屋には佐吉さんがいます」

葵の捨てていった子供である。

「みすずお嬢さんのお話では、湊屋さんご夫婦のあいだで、しょっちゅう佐吉さんのことが話題になっているということでした。それだって、おふじさんにとっては、嫌でも葵さんのことを思い出させる事柄になるでしょう。そもそも、鉄瓶長屋の差配人がいなくなって、後のなり手がいなくて困ったとき、総右衛門さんが佐吉さんを呼んだ――ということ自体が、おふじさんには面白くなかったんじゃありませんでしょうか。天下の湊屋さんのことです。経緯が経緯だからすぐには久兵衛さんのあとがまが決まらなくても、よくよく探して募ればほかにも人はいたはずです。佐吉さんでなくたってよかったはずですよ。それをわざわざ、彼に白羽の矢を立てたというのは、なんだかわざとらしいような感じがしますですね」

おふじと葵の仲は険悪だった。だから葵が消えたとき、周囲の者たちは、葵がおふじにいびり出されたのだと噂した。総右衛門はすべて承知していたはずだ。知っていながら、十七年後の今、わざわざ佐吉を手元に呼びつけた——

「総右衛門は、葵が湊屋にいたころには、彼女の子供の佐吉を跡取りのように遇していたそうだ」

「気に入っていたんですね」

「そのころはな。だが、今はどうだろう。久兵衛があんな事情で出奔して、切り回しの難しい鉄瓶長屋に、わざわざ佐吉を送り込んだ。しかも佐吉を差配人にする一方で、裏から手を回して、店子たちが鉄瓶長屋を離れるように持っていっているんだぜ？　今でも佐吉を息子のように思っていて、人柄を信頼していて、この際だから一人前の差配人にしてやろうと考えているんだとしたら、そんな意地悪いことをするわけがねえ。お前じゃねえが、そこから計るとさ、俺には、総右衛門が今の佐吉に対して優しいとは思えない。だが、佐吉を呼び寄せたことが、おふじにとっても優しくないやり口なのだとしたら——いや、現にそうなんだろう、夫婦は始終喧嘩していやがるんだからな——なあ、総右衛門はいったい何を考えているんだろう？　何を狙っていやがるんだろう？」

平四郎が黙ると、それを待っていたみたいに、油蟬（あぶらぜみ）が一斉に鳴き出した。たちまちのうちに、降るような鳴き声が座敷に溢(あふ)れた。

しばらくのあいだ、弓之助は蟬の声に聞き入るように小首をかしげていた。それから、

「ヘンですね」と小さく言った。

「変だろう」と、平四郎も応じた。降りしきる雨のなかで話をしているように、叔父と甥(おい)のやりとりは蟬の声にまぎれそうになった。

弓之助は筆を取り上げると、何か書こうとするように紙に向かった。そのまま宙で筆先を止めて、じっと紙を見つめ、やがてぱたんと音を立てて勢いよく筆を硯箱に戻した。

その音で、油蟬が一斉に鳴き止んだ。

「叔父上、計り始める基点が違っているのかもしれませんね」と、弓之助は言った。

「どういうことだ？」

「おふじさんが葵さんを、どうしてそんなに憎んでいるのか。佐吉さんは湊屋総右衛門にとってどういう存在なのか。なぜ佐吉さんは鉄瓶長屋の差配人にさせられたのか。なぜ湊屋総右衛門は鉄瓶長屋の店子たちを密かに追い出そうとしているのか。なぜおふじさんは、これまで猫可愛がりをしてきたみすずさんと、この数年衝突ばかりするようになったのか。それはみすずさんが葵さんに似ているからなのか。それともほかに理由(わけ)があるのか」

弓之助はひと息に言って、目を輝かせた。

平四郎は思わず起きあがった。何だかよくわからないが、弓之助の様子のなかに、意気込

んで起きあがらずにはいられないようなものが感じられたのである。

「それらのことは」弓之助はニコリと笑って、平四郎に言った。「すべて別々の基点から計らなくてはならないのかもしれません」

「全部別々の事柄だっていうのかい？」

「いいえ。きっと根はひとつなんですよ。でも、計り始める基点は別々なんです」

平四郎は頭をがりがりかいた。唐紙の外側で、細君の声がした。からりと引き戸が開く。

「あらまあ、熱心に学問をしているのですね、弓之助。叔父上さまにいろいろ教えていただくのですよ」

こぼれるような上機嫌である。

「冷たい白玉(しらたま)をこしらえましたよ。たんと召し上がれ。あなた、あなたも白玉はお好きでございましょ？」

その日の帰り際、弓之助はもうひとつ謎のようなことを言った。博打のかたに娘のお律(りつ)をとられそうになった桶職人の権吉(けんきち)の件も、調べてみたらよろしいんじゃないでしょうかというのである。

「権吉を博打に誘い込んだのが誰なのか、それを知ることは大切なような気がします」

「あの件も、湊屋が仕掛けているかもしれないってことだな？」

権吉が博打に狂い、お律をとられて長屋にいられなくなるように仕向ける――

平四郎は唸った。「俺もそれは考えたことがある。確かに権吉は博打好きで、誘われればすぐに深みにはまっちまったろう。だが、あの父娘を追い出すためだけに、お律を売り飛ばすような格好に持っていくっていうのは、いくらなんでも残酷過ぎると思うがな。壺信心の八助たちのときと、風向きが違いすぎやしないか？」

弓之助は笑った。「ですが、あのままお律さんが郭から来た男たちに連れ去られていたら、その後どうなったかはわかりませんよ。長屋から離れたら、また湊屋の使いという渋い男前の番頭さんが駆けつけてきて、お律さん済まなかったね、実はどうしてもあんたたちに内緒で立ち退いてもらいたい事情があって、こんな手荒な芝居を打った、権吉の借金については気にすることはない、新しい住まいも職も見つけてあげる、権吉もあんたを売り飛ばしたとあっちゃ、お徳たちが怖くて居づらくて、早晩鉄瓶長屋を出ることになるだろう、すぐにまた一緒に暮らせるようになるよ――」

平四郎は目を剝いた。なるほど、弓之助の言う通りだ。そういう筋書きだってあり得た。

「結果的には、佐吉さんに言われてお律さんが気持ちを変えてしまったんで、鉄瓶長屋を出ていったのはお律さんだけ。権吉さんは今も長屋に残っているんですよね？」

「ああ、そうだ」

「だとすると、湊屋さんの目的は達せられていないわけです。叔父上、お律さんは、権吉さんを捨てて鉄瓶長屋を逃げ出した後、どこでどうしているのでしょうね？　彼女のところに、湊屋の渋い番頭さんが会いに行ったりしていないでしょうか。お律さんは、父親の様子が気になってはいないんでしょうか」

平四郎はしばし、弓之助の人形のような顔を見た。まったく大した作り物のような顔だが、頭の中身はもっと凄いようだ。

「権吉を張ってみるか」と、平四郎は言った。

こういうとき不自由なのは、平四郎には小平次以外の手下がいないということである。当たり前だが、平四郎自身が鉄瓶長屋を張り込むわけにはいかない。佐吉に見つけられて、旦那そんなところで何しておられるんですかと問われるのがオチである。小平次だって同じだ。ちょうどいいからどぶさらいを手伝っていきなさいよと、お徳にこき使われるだけで帰ってくるだろう。

かといって、鉄瓶長屋の誰かを使うわけにもいかない。ほかの件ならともかく、この場合は駄目だ。長屋の者たちには一切何も知られずに事を運びたい。

ほんの少しばかり悩んでから、結局平四郎はまた本所深川の大親分茂七のところに出かけていった。ガラガラ声のご老体は湯治から戻ってきていたが、彼に会うまでもなく、政五郎に話すだけで用は足りた。その話だって、本当に詳しいところまで説明したわけではない。

ただ権吉の博打狂い事件と娘の家出には、陰に黒子がいそうだということを言っただけである。それでも、「よござんす」と、大親分の懐刀は二つ返事で請け合った。

「とりあえずは五日ほど張りついて、その権吉という桶職人の出向いた先と、会った者の顔と名前を調べ上げてみましょう」

「すまねえが、もしも権吉が娘のお律と会っているようなら、ついでに、娘が今どこに住んで何をしているか、そいつの方も調べてほしいんだが」

平四郎は遠慮がちに言い足した。

「権吉は歳も歳だし、てめえの裁量で舵をとってあれこれできるわけはねえ。博打の件と娘の家出の件に本当に裏があるのならば、黒子に従って親父を動かしてるのはお律の方であるはずだ」

「よくわかりました」政五郎は言って、いかつい顔をほころばせた。「それにしても、旦那があたしどもをあてにしてくださるのは嬉しいことです。そう遠慮なすっちゃいけません。よろしかったらこれからも、折を見て使ってやってくださいまし」

平四郎は笑った。「俺が遠慮してるように見えるかい?」

これまでお徳から聞いた限りでは、お律の家出以来、権吉は口では強がっているものの、やはりめっきりと気が弱り、もちろん博打には手を出さなくなったし、酒の方も控えめになっているようだということだった。

「あたしたちも、あの人には少しお灸をすえた方がいいからね、本当に困ったことになるまでは、あのまま放っておこうと思ってるのさ」と、お徳は言っていたものだ。

実際、これまで平四郎が何となくながめてきた限りでも、権吉の顔は暗かった。桶職人は年期のいる仕事だが、権吉は長年のだらしない暮らしがたたって手先が怪しくなっており、請け負う仕事の量も減っているらしい。その日暮らしの職人にとっては、仕事がないということはそのまま金がないということだ。さすがの権吉もこれには焦って、仕事を求めてあっちこっちと歩き廻っているようだが、一度落ちた信用や評判はそう簡単には戻らない。だから権吉の暮らしは相当苦しいものであるはずだった。

律儀な政五郎は、平四郎が依頼に行った翌日の夕刻には、暮れ六ツの鐘がごーんと鳴るのに合わせて、使いの者に最初の報告を持たせて寄越した。いや、やって来たのはあのおでこだったので、報告を書いた物を持ってきたのではなく頭のなかに入れてきたのだが、それはさておき、その口上を聞いて平四郎はひっくり返った。

一日目から大当たりだった。権吉は鉄瓶長屋から外に出ると、まっすぐに永代橋を渡り、日本橋を北に抜けて内神田瀬戸物町へ向かったというのである。迷ったり、所番地を尋ねる様子はまったくなかった。明らかに、何度も通い慣れた道のようだった。

権吉はやがて、ごく最近小火にでも遭ったのか、木戸や建物に修繕の跡の目立つ十間長屋へと入っていった。おかみさんたちと挨拶を交わす。やりとりも慣れたものである。鉄瓶長屋にいるときよりも、ずっと愛想が良い。そして権吉は、またまた何の迷いを見せる様子もなく、長屋の中程にある家の油障子を開けて姿を消した。近所のかみさんに聞いたところ、その家には権吉がお律という年頃の娘と二人で住んでおり、権吉は通いの仕事の関係で、昼間は家にいて夜は出かける、娘の方はすぐ先の横町を曲がったところにある瀬戸物屋で女中をしている――と教えてくれたそうである。

父娘がその長屋に住むようになったのは、春ごろだということだった。お律が鉄瓶長屋を飛び出したのもその頃である。きっちりと平仄(ひょうそく)があっている。

「夕方になって帰ってきた娘さんは、おおかたこんな顔をしておりましたです」

おでこは詳しく説明した。平四郎は聞くほどに確信した。そいつはお律だ、まちがいない。

「ありがとうよ。政五郎親分によろしく伝えてくんな」そして平四郎はちょっと考えた。「なあ、おでこ。俺は岡っ引きを使ったことがなかったから、とんと見当がつかねえ。こういうときはいくらか包むんだろうが、どれぐらいにしたらいいもんか、おまえ分かるかい？」

おでこは「あい」とうなずいた。「親分は、きっと旦那がそうおっしゃるだろうと、その節にはこれこれこれだけ頂戴してこいと申しました」

「政五郎は用意のいい男だなあ」

「これは大親分の申しつけられたことでござんすよ、旦那」

おでこは「毎度ごひいきに」と頭を下げて帰っていった。平四郎は彼にも駄賃をやったが、こういうものもいっぺん親分に見せないと勝手には使えないんですと、大事に懐にしまいこんだところは殊勝である。

おでこが居なくなると、平四郎は唐紙の陰に声をかけた。「おい、書いたかい」

「はい、すっかり」と言いながら、文机を引っ張って弓之助が出てきた。

「叔父上、あれは凄い見物でございますね」

「珍しいおでこだろう？」

「いえ、おでこはナンですが、あの物覚えのよさといったら驚きです」

「あのくらいで驚いてちゃいけねえよ。あのおでこの奴は、二十年も三十年も昔の出来事の筋書きを大親分から聞かされて、そいつをちゃあんと覚えているんだ。だがな、話の途中で遮る（さえぎ）と、頭っから巻き戻してしゃべり直さねえと駄目なんだ。面白いから、おまえもいっぺんやってみな」

「叔父上は」弓之助は目を見張った。「お役目を楽しんでおられますね？」

「まあな」と平四郎は顎をかいた。

その翌日、平四郎は弓之助にやっとうの稽古を休ませて、一緒に外に連れ出した。留守番どころか、今日はおまえ俺のかわりに見廻りに行って来いなどと理不尽なことを言われて残された小平次は大むくれである。

弓之助は、仕立てこそ上等だがいささか短めの元禄に履き物をつっかけて、平四郎はお仕着せの羽織を脱いで着流し姿だから、なんともおかしな組み合わせだった。おまけに、すれ違う道行く人びとが、みんな目を見開いて平四郎たちを振り返る。言うまでもなく、弓之助の美形に驚いているのだろう。なかには、通り過ぎざまに回れ右をしたかと思うと、半丁ばかり後をついてきた若い娘がいて、平四郎が振り返って斜に睨むと、あわてて袖で顔を隠して逃げ出したところはご愛敬だった。

平四郎の行く先は、もちろん瀬戸物町だ。お律が働いている瀬戸物屋は、なかなか繁盛している店らしく、店先の商いものは小ぎれいに並べられ、よく掃除が行き届いている。店の前を行ったり来たりしながら様子をうかがっていると、やがて、姉さんかぶりではたきを持ったたすきがけの若い女中が出てきた。皿や鉢やどんぶりが重ねてあるのを、ぱたぱたとはたき始める。その横顔はお律である。平四郎は懐手をしたままぶらぶらと店に近づいた。

「おーい、女中さん」

平四郎が胴間声で呼びかけると、お律ははいと愛想良く顔を上げて向き直り、そのまま生き人形のように固まってしまった。

「この小倅がおねしょをしてしょうがないんで、おまるをひとつ見繕ってくれないかね？　できれば南天の柄がいいなあ」

「叔父上」弓之助は赤くなり、横目で平四郎を睨んだ。そしてお律に向き直る。

「あなたは、春まで鉄瓶長屋にお住まいだった、桶職の権吉さんの娘のお律さんですね？　少々おうかがいしたいことがあって参りました。お店のご主人からお許しをいただいて、少しばかり手前どもとお話をしてはいただけないでしょうか」

「ということだ」と、平四郎は言った。弓之助を連れていると、俺の怠惰にもさらに磨きがかかりそうだなあ、と思う。


毒気を抜かれたのか、お律はすっかり観念してしまい、ごくごく素直に平四郎と弓之助の問いに答えた。彼女のうち明け話を聞いて、平四郎は——半ば予想していたことではあったけれど——また驚いた。その内容が、先に弓之助の述べてみせた筋書きと、ほとんど一致していたからである。

「博打のかたに、あたしを売り飛ばそうとしたおとっつあんのしらっとした顔が急に憎らしくなって……家出したところまでは、あたしが自分の考えでしたことです」

こんな平四郎でも二本差しには違いなく、瀬戸物屋の主人は気を遣って、奥の座敷を空けてくれた。三人はそこにおさまって、お律が手ずから運んできた薄い茶をすすりながら話していた。たすきをはずし、着物の袖をきちんと整え、姉さんかぶりをとった彼女は、短いあいだに、顔つきも物腰も急に大人びたように見えた。娘らしいというよりも、しっとりと女らしくなっている。たとえ一時でも、すっぱりと親を見捨てようとした決心が、かえってお律をひと回り大人にしたのだとしたら、親子の関わりというのは、なんとも皮肉な面白さを秘めているものだ。

「家を出るのは身ひとつでいいけれど、あのころ働いていた茶屋には挨拶に行かなくてはなりませんから、翌日すぐに出かけていったんです。いろいろお世話になっていたのに、おとっつあんから離れるためだけにあんな良い仕事をよしてしまうのは残念でしたけど、しょうがありません」

するとそこに、湊屋からの使いだという男が先回りして待っていたのだという。

「四十がらみの渋い男前だったろう？」

平四郎の問いに、なぜかしらお律はちょっと耳を赤くした。「番頭さんだけれど、お店の仕事ばかりしているのではなく、湊屋のご主人の御用を直に承るのが役目だって」

「名前は聞いたかい？」

「いいえ」お律はむやみに首を振った。「存じません」

嘘だろうなあと平四郎は思った。何故かはわからないが、嘘だろうな、こりゃ。

例の番頭は、弓之助が想像したとおりの「実はかくかくしかじか」といううち明け話を、お律にして聞かせた。湊屋(みなとや)は鉄瓶長屋の店子たちに、世間的には追い立てを食らわしているようには見せずに出ていってもらいたいのだ、権吉の件も、そのために仕掛けたことだ——

「その番頭さんは、あたしなんかにもすごく丁寧に謝ってくださって……。それで、今の住まいと働き口も世話してくだすったんです。あたしがおとっつあんを捨てたいきさつがいきさつだから、すぐには一緒に暮らす気にはなれないだろう、一人で住んでいればいい、権吉の暮らしぶりは湊屋でも様子を見て、あまりひどいようだったらべつに面倒を見る手を考えてあげるからって」

その言葉に甘えて、お律は月が二回ほど満ち欠けするあいだはひとり暮らしをした。だが身辺が落ち着いてくると、どうにも権吉のことが気になって仕方がない。

「我慢できなくなって番頭さんに相談すると、それじゃあ私の方から権吉さんに、お律がここにいて、父親のことを心配していると伝えてみようって。そして、権吉さんにその気があれば、いっぺんここに連れてこようって」

瀬戸物町の長屋にやって来た権吉は、最初から手放しで泣いてお律に謝ったそうである。

「もう二度と博打はしないって言うし、あたしも今さらおとっつあんを見捨てることもできない気持ちになってました。だから、本当ならすぐにでもおとっつあんをこっちに呼びたいんですけれど……」

「湊屋に止められたのか？」

お律はうなずいた。「もう少し月日をおいて、秋口まで待ったらどうかって。今おとっつあんを呼んだら、そもそもあたしが家出したときのあの騒ぎは何だったんだって、怪しむ人たちも出てくるかもしれないし。だからおとっつあんにも、このことは固く口止めしています」

平四郎はふうんと言った。弓之助はそうですかと言った。

「それでお律」平四郎はひょいと訊いた。

「なんでしょう、旦那」

「おまえ、湊屋からいくらもらった？」

お律は今度は顔中赤くなった。それだけで充分な答になっていたので、平四郎は「まあいや」と言った。

「湊屋の番頭さんは、あなたがここに落ち着いてからも、ときどき様子を見に来ているのですね？」と、弓之助が訊いた。お律は困ったような顔をして平四郎を見た。

「そうなんだろうな」と、平四郎が代わりに答えてやった。「それよりお律、どうして店子たちを追い出さなくちゃならねえのか、理由を教えてもらったことはあるか？」

少しも迷うことなく、お律はすぐに答えた。

「あの地所に新しい建物を建てたいのだそうです」

「どんな建物だ？」

「湊屋さんがお使いになるそうですから、お屋敷じゃありませんか」

平四郎は弓之助と顔を見合わせた。これは初めて耳にする話だ。収穫である。

お律は二人を不思議そうにながめまわす。

「お屋敷を建てるなんて、お大尽(だいじん)さまのなさることですから、そんなにおかしなことじゃないでしょう？」

「まあ、湊屋なら、どこにでも好きな場所に屋敷を建てて住むことができるからな」

しかし、だからって何もわざわざ深川北町のざっかけない場所に来ることはあるまい。しかも、今いる店子を内緒で追い立ててまで。

弓之助がちょっと乗り出した。「湊屋のどなたかが、何かしらの信心に凝っているという話を聞いたことはありませんか？」

それはお律と平四郎の二人に向けられた質問だった。二人は二人ながら首を横に振った。

「はあ、そうですか」

「何でそんなことが気になるんだい？」

「いえ、とんでもない場所に家を建てたがるというのは、方位のせいかもしれないと思ったのです」

ははあと平四郎は納得した。彼の頭のなかからは出てこない発想である。なにしろ不信心で鳴る男のことだ。

平四郎はお律に、ここでの話は内緒であること、お律も権吉も、何も後ろ暗いことに荷担しているわけではないから、このまま暮らしていていっこうに差し支えないこと、ただし、平四郎たちが訪ねてきたことや、彼らがすでに、湊屋がこっそりと鉄瓶長屋の店子たちを追い出したがっているのを承知しているということは、湊屋の渋い男前の番頭にはけっして言ってはならない――と、しつこいくらいに念を押して瀬戸物町を後にした。

日盛りの道を大川端目指して歩き出すとすぐに、弓之助が言った。「あれは、しゃべりますですね」

「しゃべるだろうなあ」と、平四郎も言った。懐から取り出したてぬぐいで汗を拭く。

「しかし、それでもいいじゃねえか。俺たちに気どられているとわかって湊屋がどう動きを変えるか、ひとつ見物と洒落込もう」

「どちらへ転んでも、危険なことが起こりそうな雲行きではありませんですからね」

平四郎は長身なので、うんと首を下に向けないと、並んで歩く弓之助の顔が見えない。ちょっと足を止めてのぞきこむと、子供はぴっくりしたようにぴょんと立ち止まった。

「おまえは十二だよな？」

「はい、叔父上」

「それにしちゃ鋭い」平四郎はまた歩き出す。どうにも暑い。停まっていればじりじり、歩けば汗だくだ。

「何がですか？」

「なんでお律が湊屋の番頭に俺たちのことをしゃべっちまうってわかるんだ？」

弓之助は涼しい顔で答えた。「それはあの人が、親切で渋い男前の湊屋の番頭さんのことが好きだからですよ」

「だからさ、なんでおまえにそういうことがわかるのよ」

「お律さんが、わたくしの顔を見て、ちっとも驚かなかったからです」弓之助は楽しそうに言った。

「たいていの女の人は、初めてわたくしの顔を見ると、びっくりして見惚れます。でも、たまにそうでない女の人にもぶつかります。そういうとき、その女の人には、別に想い人がいるのです。つまり、心の目には想い人の顔ばかりが浮かんでいるので、ほかのものが目に入らないのです」

そよとも風の吹かない、それだけにむしむしと暑さもひとしおの午後だったが、平四郎が開けっ放しに大声でげらげら笑ったので、その笑い風にあおられて、ちょうどすれ違った担ぎの風鈴売りの風鈴が、一斉にちりちりちりと鳴った。

「わあ、良い音ですね」弓之助は喜んだ。

「俺はどうもおまえを気に入ったような気がするから、ひとつ買ってやる」

「よろしいのですか？　わあ、叔父上ありがとうございます。それなら、あの金魚の形をしたのがよいのですが」

風鈴屋の喜びようから推して、それはいちばん値の張るものであるようだった。弓之助は、こういうことを計る術にも長けているらしかった。

——油断のならねえガキだ。

と思いつつも、平四郎は愉快だった。子供を持つというのがこんなに面白いことならば、もっと早くにやっておけば良かった。

邪気のない顔をして、弓之助は金魚の形の風鈴をぶら下げて歩きながら、時おり手を持ち上げてためつすがめつしている。

——油断はならねえが、やっぱりガキだ。

鉄瓶長屋の一件は、まだ判らないことの方が多い。しかし、何が判らないのか、何を探すべきなのか、はっきりしてきたような気がする。これまでは何の遊びか知らずに参加させられてきたが、今ではこの遊びが、目隠し鬼ごっこであるということがわかっているのだ。平四郎は目隠しされて、あっちこっちへと引き回されている。手の鳴る方へと導かれて、何も知らずについて行くと、落とし穴には落ちないまでも、手を打ちながら動いている本当の鬼が、どうしても見せたくないと思っているものから、どんどん遠くへ引き離されてしまうのだ。

——鬼ごっこなら、子供の仕事だ。

弓之助が頼りになるというのも、案外もっともな話かもしれない。埃っぽい夏の道を、弓之助の手を引いて歩きながら、平四郎はふふんと鼻先で笑った。たまたま見かけた者の目に、それは、この男にしてはせいぜい不敵な面構えに見えたかもしれないし、ただまぶしそうに見えただけかもしれない。

## 八

井筒平四郎は暑がりではなく、夏は大好きである。何より天気がはっきりしているのが良い。晴れるときは晴れあがり、夕立は短時間でどっと降ってさっと去って行く。よろず面倒くさいことの嫌いなこの男には、こういうキレの良さが気性にあっている。

ところが世の中には、夏場はこの世の生き地獄だというくらいに暑さを嫌う者がいる。たとえば平四郎の次兄もその一人で、子供のころには、夏の盛りになると、生きながら半ばほど死んだようになってしまう彼を見て、ずいぶんと同情したり面白がったりしたものだった。眠りも浅いし、飯も進まず、水ばかり飲んで、声をかけても返事も一拍ほど遅くなるようだった。同じお天道様を浴び、同じように汗をかいているのに、次兄ばかりが苦しむのを傍で見ていると、なにがなし得をしたようなズルけたような、宙ぶらりんの気分になったものである。

鉄瓶長屋のお徳の煮売屋は、真夏の盛りでも、もちろん火を落とさずに商いをする。しかし長年鍛えに鍛えているお徳は、炭火が熾っている竈の前でも涼しい顔でいる。暑さを乗り切るには何かコツがあるのかと平四郎が尋ねると、これぱっかりはコツなんかない、慣れですよ慣れ！と突っ放された。忙しくしてりゃ、身体の方がついてくるもんです！

悲しいかな、世の中お徳のような頑丈な女ばかりではない。実際、梅雨のころから彼女の下について商いを習い始めたおくめは、この夏になってたいそう窶れていた。その日の昼下がり、井筒平四郎が日陰を選りながら鉄瓶長屋への道を歩いてゆくと、いささかげっそりと顎を尖らせたおくめが、首筋に白い湿布をあてて、幽霊のようにゆらゆらと歩いて行くのに行き会った。

「なんだ、疲れが溜まって、とうとう夏風邪にあたったかい？」

平四郎が声をかけると、おくめは大儀そうに振り返った。この女の持ち前の、ちゃらちゃらした身のこなしはすっかり影をひそめている。

「あらまあ、旦那」と言って、彼女は恥ずかしそうに首の湿布をさすった。「夏風邪なんかじゃござんせんよ。これはねえ、あ、せ、も。あせもですよ、色気もないよねえ」

平四郎は大笑いをして、底抜けに明るく青い夏の空を仰いだ。薄情な彼に代わって、小平次が心配そうにおくめの首筋をのぞきこむ。彼女は着物の袖をまくったり襟をゆるめたりして、ほかにも湿布を貼っているのを見せた。

「長命寺の先に、あせもによく効く貼り薬を出してるお医者さまがいるって聞いてね、通ってるんですよ。ホントにね、評判通りによく効くんだけど、これが高くって。旦那、煮売屋になるのは大変だよ」

「おめえの先の商売じゃ、白粉かぶれがあったろう？　どんな生計の道にも、それぞれに煩いがあるってもんよ」

　平四郎は励ますつもりで陽気に言ったが、確かにおくめはかなり辛そうだった。

「お徳さんには、たるんでるからあせもになんかとっつかれるんだって叱られるし」と、悲しそうにうなだれる。

「まあ、そうしょげるなよ。それより、ここでおめえに会えたのは都合が良かった。医者からの帰り道なら、ちょいと寄り道してもお徳にもわからねえだろう。ところてんでもおごろうじゃねえか」

「あら、嬉しいね」

　二人して少しばかり道を逸れ、堀割に面して長腰掛けを据えている茶店に立ち寄った。小平次は堀端にしゃがんで煙管を取り出す。奇妙なことに、この生真面目な中間は、夏場になると刻み煙草をふかす量が増えるようだった。また小平次はほとんど夏の汗をかかない。彼のかくのは恐れ入ったときの冷や汗ばかりで、これには季節はない。

　平四郎が尋ねたかったのは、最近のお徳が、かつての八百富のお露と、どんな付き合い方をしているかということであった。今年の春先に、八百富で不幸な人殺しがあり、その後始末が済んで、お露が病人の父親と共に鉄瓶長屋を去った後しばらくは、お徳は頻繁に彼女の新しい落ち着き先を訪ねては、あれこれと力になっていた。今でもそれくらい親しいのか、それともお露父娘の暮らしが安定してからは、あまり関わりを持ってはいないのか。今、お徳のいちばん身近にいるおくめなら、何かしら知っているだろうと思ったのだった。

平四郎としては、すべての振り出しの八百富の殺しから洗い直すつもりでいる。だからおっつけお露にもぶつかってみたいのだが、これは相当慎重にしなくてはならない。お徳とお露との付き合いなど、もちろんお徳に直に尋ねるのがいちばん確実なのだが、下手をするとお徳に勘ぐられ、旦那、今さらお露ちゃんに何を訊こうっていうんだいと、問いつめられたりする羽目になりかねない。なるべく遠回しの方がいい。

「八百富って……」おくめは嬉しそうにところてんに箸をつけながら呟いた。「あたしはあのころまだ鉄瓶長屋にいなかったから、切れ切れの又聞きでしか事情を知らないけど」

平四郎はざっと、今のところ表面に見えている八百富事件の様子と、お徳を始めとするあの件に関わった者たちが信じているその〝真相〟について説明した。おくめはだるそうな顔をしていたが、いちいちうなずきながら聞いていた。

「お徳からは詳しいことを話してもらってねえのかい？」

全然——と、おくめは言った。

「久兵衛さんは、ちょっと憚ることがあって出ていったんだって、それだけさ。お徳さん、余計なことはしゃべんないものね」と、ところてんをずるずるすすりながら、口の端から言う。「あの人、口は悪いけど、本人のいないところじゃ陰口はきかないし、噂話も好きじゃない。だからさ、旦那のお役に立てなくて悪いけど、あたしには何の関わりもないお露ちゃんて人のことなんか、まず言わないよ。だからあたし、お露ちゃんのことは何も知らないなあ」

「お徳が一人でどこかへ出かけて行くようなことはねえかい？」

「あたしが煮売屋に出入りするようになってからは、無いよ」おくめは言って、ちょっと笑った。

「だけど旦那、もしもそのお露ちゃんとお徳さんが今でも親しいならさ、先にお徳さんが寝込んだとき、何かしら話が出てきたんじゃないかい？　お徳さんがさ、こういう次第でしばらくお露ちゃんと会えなくなるから、心配しないように伝えてくれってあたしに頼むとかさ、お露ちゃんの方から、このごろお徳さんが全然来ないけど何かあったのかなって様子を見に訪ねてくるとかさ」

「なるほどな」平四郎もところてんをすすりながらうなずいた。「おまえ、賢いなあ」

「何なら、もっと賢いところを見せたげようか？」おくめは得意そうに笑った。少しばかり顔に生気が戻ったようだ。「あたしがお徳さんなら、もう暮らしぶりに心配がなくなったところで、お露ちゃんとは付き合いをしなくなるね。人殺しがあってから、半年以上経ってるんだろ？　それだけ経ったら、もうかまわないようにするね」

「だってさ、お露ちゃんて娘は、実は兄さんを殺してるって、お徳さんは知っていて、だけどそんなことは無かったことにして忘れてしまえって言ってやってるんだろ？　忘れさせるいちばん手っ取り早い方法は、鉄瓶長屋から離すことだよ。てことはつまり、お徳さんからも離れるってことさ。だけどお徳さんがいつまでも親切にかまってたら、お露ちゃんとしちゃ、そのたんびに思い出さなきゃならないじゃないか」

ますます、おくめの言うとおりである。

「お徳さんはバカじゃないから、そのへんのことはちゃんと承知だよ。だからさ、お露ちゃんて娘とは、きっともう会ってないよ」

「おめえも賢いが、お徳も賢いな。俺がいちばんの阿呆だ」

「それは旦那が男だからだよ。女の賢いのと男の賢いのは道が違うもんね」

おくめはところてんの器を盆に戻すと、冷たい麦湯に手を伸ばした。酢にむせたのか、ちょっと咳をする。

茶店の腰掛けのそばには他の客はいない。頭の上で「ところてん」の文字を染め抜いた白いのぼりがはためいている。通り過ぎる人びとは皆忙しそうに土埃をたて、額や首筋の汗をぬぐっている。おくめはそれを確かめるようにまわりをそっと見回すと、まぶしそうな顔をして平四郎の方を向いた。

「先の差配人の久兵衛さんて人は、お徳さんと仲が良かったんだよね？」

「ああ。だからお徳は、今でも鉄瓶長屋の差配人は久兵衛だけだって言ってるだろう？」

「うん……」おくめは物思わし気に首の湿布をさすった。「余計なことしゃべらないお徳さんが、つい最近、珍しくあたしにしゃべったことがあってさ」

平四郎はふうんと合いの手を入れた。おくめは口元をちょいと尖らす。

「今、久兵衛さんが出ていった時の事情なんか聞いたら、思い出しちゃった。あのね旦那、久兵衛さんね、鉄瓶長屋からいなくなる前から、ときどきお徳さんに愚痴こぼしてたらしいんだよ」

——ここだけの話だが、湊屋の旦那は私の後の差配人に、ご自分の親戚の佐吉という若い者を据えようとしていなさる。

平四郎は目を見開いた。口元から煙管をぶらさげて眠そうにしていた小平次が、その顔を見て驚いたらしく、腰を浮かせた。

「そりゃ、八百富の殺しがある以前のことだろう？」

「うん、そうだって」

「だったら、まだ何も起こってないのに、何だって久兵衛がお徳にそんなことを言ったんだ？　何で久兵衛が佐吉のことなんか知ってたんだろう？」

「あたしにわかるわけないよ、旦那」おくめは首を振った。

「どういうきっかけでそんな話が出たんだ？　言ってみりゃ佐吉の悪口だろう？」

お徳は今でも佐吉に厳しい。そのことは平四郎もよく知っている。ほかの者たちには優しく面倒見のいいお徳が、どういうわけか、いっそ意地悪なくらいに、佐吉にだけは冷たいのだ。近ごろは少し風向きが変わりつつあるのだが、それでもやっぱり厳しい。

「つい一昨日（おとつい）ね、魚屋の箕吉（みのきち）さんとこで、夫婦喧嘩があったんだよ。何かつまんないことだったらしいんだけどさ、おかみさんが箕さんと夫婦別れして出て行くって言い出して。箕さんも頭に血をのぼせちまって、ああ出てけ出てけって。そこへ佐吉さんが来てさ、一生懸命とりなして、まあ丸く収めたんだけどね。それがなかなか鮮やかでさ。あたし、立派なもんだね佐吉さん独り身なのにって、誉めたんだ。誉めてから、すぐにまずかったなあって思ったよ。お徳さんが佐吉さん嫌いなの知ってるからさ。だけどそのときは、お徳さん怒らなかったんだ。お徳さんが佐吉さん嫌いなの知ってるからさ。だけどそのときは、お徳さん怒らなかったんだ。渋柿嚙んだみたいな顔してさ、こう、じっと黙ってて。それからしばらくして、言ったんだ」

――あんたの言うとおりだよ、佐吉さん、よくやってるよ。

「あたしびっくりしちまってさ。珍しいねえ、お徳さんがそんなふうに佐吉さん誉めるなんてって、言ってやったよ。そしたらお徳さん大真面目で、ホントのところ、佐吉さんは頑張ってるから、あんまり悪いこと言いたくない、だけど、久兵衛さんが嘆いてたことがあるからって、それでさっきの話、うち明けてくれたんだ」

お徳は言ったそうである。

――久兵衛さんは、いろいろあって鉄瓶長屋を出て行ったんだけど、そんなことがある以前から、まあ年齢も年齢だったからね、自分の後の鉄瓶長屋の差配人のこと、ずっと気にしてたんだ。それでね、湊屋の旦那が、身内なんだけど事情があって湊屋の跡目にはできない、植木職人崩れの佐吉って男を、ここの差配人に押し込もうとしていて、だけど久兵衛さんはそれには大反対なんだってことを、ときどきあたしに話してくれていたんだ。若いだけでまず駄目だし、特にその佐吉って奴は人柄が良くないからって。差配人てのは、下肥料がそっくり懐に入るとかさ、旨味のある仕事だよ。だけどその割に、怠けようと思ったら簡単に怠けられる。結局は、務める人の人柄によるんだよ。久兵衛さんは、いくら湊屋のお身内でも、自分としては、旦那様の薦めるあの佐吉だけは鉄瓶長屋に入れたくない、あれはろくでもない男だからって、あたしには、そりゃもう何度も何度も言ってたもんなんだ……。

平四郎にはまったく初耳の話である。あまりに驚いたので、はずみでところてんのお代わりを注文してしまった。

「久兵衛さんて、あんまり愚痴る人じゃなかったんだって？」

「あん？　ああ、そうだな。もともとおしゃべりでもなかったからな」

「だからね、そんなことをあたしに向かってぐずぐずしゃべるのは、よほど心にかかってるからだろうって、お徳さんは思ったんだってさ。だもんだからさ」

——久兵衛さんの後に佐吉が来たときに、あ、こいつだ！　って思ってね。最初っから憎くて憎くてしょうがなかったんだ。

——でもなんだかね、佐吉さんを見てるとさ、けっして悪い人間じゃないだろ？　あたし、近ごろじゃよくわかんなくなってきちまったんだよ。佐吉さんはよくやってるよ。それなりに立派な差配人になってるよ。だけどさ、あたしは認めたくないんだ。だって久兵衛さんに悪いじゃないか。

「悲しそうな顔だったよ」と、おくめも沈んだ口振りで言った。「だいたい、お徳さんがあたしに愚痴こぼすなんて、よっぽどやるせなかったんだろうからさ」

平四郎はところてんのお代わりを待ちつつ、箸を握ったまま憮然とした。おくめは湿布をさすった手の先をちょっとかいで、おお嫌な臭いだねえとこぼした。

「そうだったか」平四郎は唸った。「そういう前振りがあったから、お徳は、頭から佐吉に辛く当たっていたんだな。未だに、その態度を変えることが難しいんだな」

「うん、そうだと思うよ」くたびれたみたいに元気のない声でおくめは答えると、「なんか気の毒だよね」と言い添えた。

「どっちがだ？　佐吉かお徳か」

「どっちもさ。お徳さんは人を見る目があるから、何もなければとっくに佐吉さんをもりたてる側にまわっていて良さそうなもんだよ。旦那だってそう思うだろ？　それがさ、久兵衛さんからそんな話を聞かされたばっかりに、意地になっちゃって。久兵衛さんに義理立てしてさあ」

だけど佐吉さんはいい差配人だよと、おくめは小さな声で言った。

「旦那、あたし一足先に帰るよ。あたしたちが連れだって鉄瓶長屋に戻るんじゃ、まずいもんね。ごちそうさま」

よいしょと声をかけて立ち上がる。

「旦那に訊かれたことは、もちろん誰にも内緒にしとくよ」

「ああ、そうしてくれ。俺もおまえの話は腹の底に収めておく」

「うん」おくめはこっくりすると、まぶしい陽射しを仰いでから、痩せた肩をすくめた。

「なんかね、豆腐屋の一家が家移りするらしいよ。朝から片づけしてる」

ところてんのお代わりが来たが、平四郎は箸をつけずにまたまた憮然とした。

「そりゃ初耳だ。なんで家移りするんだ？」

「あの夫婦が昔お世話になった主人筋の豆腐屋が病気で、お店を続けていけなくなりそうなんだって。それでね、助っ人に行ってその店を預かるんだってさ」

「その店はどこにあるか聞いたか？」

「さてね。本所深川じゃなさそうだよ。遠くに行くって、豆坊たちが言ってたから」

おくめはさっき見たときと同じようなひょろひょろした足取りで帰ってゆく。彼女の肉の落ちてしまった背中と尻をながめながら、平四郎はお代わりのところてんを食った。酸っぱいばかりで味がしない。

豆腐屋一家の家移り話も、どうせ八助たちやお律父娘のそれと似たような作り話だろう。裏で湊屋が因果を含めているのだ。もちろん金も与えているに違いない。依然として事態は、道筋をまったく変えずに進行中というわけだ。ひょっとして平四郎と弓之助の見込みがはずれ、お律はまだ、湊屋の苦み走った番頭に、彼らがいろいろとかぎつけていることをご注進していないのだろうか？

──それにしても不愉快だぜ。

おくめが聞いたという、お徳のうち明け話である。平四郎のつかんでいる前後のいきさつを考えあわせれば、どう見ても、それもまた仕掛けられたものであるとしか考えられない。

久兵衛は湊屋の生え抜きの奉公人だ。主人である総右衛門の判断に異を唱えたことも一度もなかったことは一度もない。平四郎の知っている限りでは、彼がお店の悪口を言ったことは一度もない。彼がそういうことをしたという噂を、お徳をはじめとする長屋の人々の口から聞かされたこともない。これはつまり、そんなことはなかったということだ。久兵衛にとって、湊屋総右衛門はまさに生神さまであった。

そういう日ごろの久兵衛の態度を知っているからこそ、たまさか口に出された「親戚筋の佐吉」に対する彼の辛い言葉が、お徳のなかにしっかりと刷り込まれることになったのである。湊屋の後ろ盾を良いことに、久兵衛さんをこんなふうに案じさせ、不安がらせ、困らせている佐吉という若者。許せない、けっして勘弁してやるもんかと、お徳のあの気性なら、思い込んでも仕方がない。

八百富の太助殺しから始まって、久兵衛の出奔、佐吉の抜擢、彼の奮闘にもかかわらず櫛の歯が欠けるように家移りしてゆく店子たち——一連の出来事は、湊屋の何らかの思惑によって仕掛けられたものであり、久兵衛も一役かっているに違いない。何しろ湊屋大事の男だったのだ。ということは、久兵衛は、これから何が起こるかすべて知っていて、太助が死に、それに不愉快な噂がまといつき、結果的に自分が出奔することになり、その後に佐吉がやって来るということまですべて承知した上で、実際にはありもしない佐吉への不平や不満や疑惑を吹き込んで、お徳を操ったということになってくる。佐吉が差配人として働きにくくなるように。

店子たちが鉄瓶長屋を見限って出て行きやすくなるように——いや、次々と「それぞれの事情」で店子たちが欠けてゆくという事態を、町の人々の目で外側からながめられたとき、不自然に感じられないように。ああ、仕方ないよね、鉄瓶長屋の差配さんは場違いに若い男でさ、古株のお徳さんとはぜんぜん上手く行ってないしね、長屋がすたれてもしょうがないよ。

単純だが、上手いやり方だ。簡単だが周到だ。お徳の気性を知ってさえいればいい。しかし久兵衛は察していたろうか？　予想していたろうか？　生身の佐吉が鉄瓶長屋にやって来て、真面目に一生懸命務め、それなりに店子たちの信頼を集め始めたとき、お徳が久兵衛への義理と佐吉の働きの狭間に落ちて苦しむことを？　彼女の気性なら、それだって充分にあり得ることだったのだ。

——久兵衛よ。

平四郎はひとりごちた。

——お店者が、お店大事でやらかすことは、俺には生涯、わからねえ。

そそくさと見廻りを切り上げると、平四郎は再び、深川の大親分茂七の家を訪れた。政五郎は在宅していて、先と同じように丁重に迎えてくれた。

平四郎は最初、詳しいいきさつは説明抜きで、政五郎にやってもらいたいことだけを頼むつもりでいた。しかし、まずそういう依頼の仕方はたいそう難しく、もともと深く物事を考えたり緻密に組み立てたりすることが苦手な平四郎の手には余った。それに輪をかけて、平四郎は怒っていた。この男にしては珍しく、かなり深いところで気分を害していた。そういう時、人間は多弁になりがちだ。ここだけの話という前振りが出るのは、たいてい人が興奮しているときである。

という次第で、気がついたら政五郎に向かって、鉄瓶長屋で進行しつつある一風変わった陰謀と、それについて平四郎の思うところについて、何から何までうち明けていた。

　政五郎は良い聞き手だった。一度だけ、平四郎がちょっと息継ぎに間をとったときに、すうと中座しすぐに戻ってきて、冷たい麦湯を満たした湯飲みを勧めてくれた。その間合いの計り方がまた絶妙だった。

　平四郎がようやく話し終えて一息つくと、今度は手を打って人を呼んだ。すぐに熱い煎茶と菓子が出てきた。運んできたのはおでこである。子供は茶菓を並べると、そのまま政五郎の脇にちょこんと座り、政五郎が合図をすると、すらすらと暗唱を始めた。たった今まで平四郎が話していた事の経緯であった。

　平四郎は水ようかんを食いながらそれを聞いた。全部聞き終えて、感心した。

「間違いねえ。よく覚えたなあ。いつから聞いていたんだい？」

　政五郎は一応恐縮してみせた。「旦那がここにおいでになったときから、唐紙の陰に控えさせておりました」

　旦那のお顔を見ると、今日は先よりも込み入ったお話がありそうな雲行きでござんしたから――という。

「おめえはおっかねえ男だなあ。俺は味方でよかったよ」

「痛み入ります。それであたしらは、そのお露という娘に張り付けばよろしいわけでござんすね？」

するりと本題に入る。

「おうよ。だがな、この前のお律よりも、よほど難しい獲物なんだ」と、平四郎は説明した。「お露っていうこの娘は、事件の要になることを知ってるはずなんだよ。実際、兄貴の太助が殺される場に居合わせているはずなんだからな」

政五郎の穏和な目がちかりと光った。「その仰り方だと、旦那はもう、太助を殺したのはお露ではないと考えておられるので？」

平四郎は口をへの字に結んでうなずいた。

「殺し屋が来て兄さんを殺してしまった——というお露のうち明け話はどうなります？」

「それを聞かされたのはお徳だ」平四郎は静かに言った。「俺はそれを、お徳から聞いた」

「より正確に申し上げるならば、お露さんの話を元にした、〝殺し屋〟の正体についてのお徳さんの推測をお聞きになったということでござんすね？」

「そうなるな」

「それで旦那は、この件でもまた、お徳さんは操られているとお考えだ」

平四郎はすぐにはうなずけなかった。あまりにもお徳が可哀想な気がした。

「お徳は鉄瓶長屋のまとめ役で、長屋の心みたいな女だ」と、彼は言った。「言っとくが、長屋の頭じゃねえ。あくまで心だ。あれは理屈でものを考える女じゃねえからな」

「女はみんなそうでござんすよ」政五郎はやわらかく応じた。「だから可愛いんじゃありませんか」

平四郎は思わず笑った。政五郎も笑った。この場では、俺は完全に貫禄負けしてるぜと平四郎は思った。

羽織を脱ぎ、平四郎はあぐらをかいた。政五郎とおでこは律儀に正座をしたままだったが、二人とも少しも暑そうではない。茂七大親分のこの住まいは、内部で周囲をはばかる話がかわされることが多いことを考えてか、夏座敷にせずに唐紙や障子を立てたままにしてある。そのわりには風通しがよく、まるでほこらのなかに入ったように涼しかった。

「久兵衛の出奔という大芝居は、実は筋書きとしてはかなり難しいと思うんだ」平四郎は、考え考え説明を始めた。「『勝元(かつげん)』にいたころに、久兵衛と正次郎という男のあいだにいざこざがあったという話は本当だろう。だが、正次郎が今でもそのことで久兵衛を恨んでいるかどうかはわからねえ。だいいち、正次郎の消息を知っている者は誰もいねえんだ。つまり、いもしねえ者を犯人に仕立てて、そいつに襲われてみんなに迷惑をかけたら悪いから、久兵衛は出奔する——という作り話は、理屈としてはどうだか知らねえが、気分的にはえらく据わりが悪いだろう？　最初から、なんか作り話臭えなあって、長屋の連中だってそう思うわさ」

だからこの話だけで押し通すわけにはいかない。そこで、もうひとつ仕掛けが必要になる。それが、実は太助を殺したのはお露で、それにはやむを得ぬ事情があり、久兵衛はその真相を知りつつ、お露をかばうためにあえて〝正次郎の逆恨み〟などという作り話をでっちあげて鉄瓶長屋を出ていった——という第二の筋書きである。

「しかもだ、この筋書きを、お露や久兵衛の口から聞かされたのは——あるいは匂わされたと言ってもいいが——」

「お徳さんですね」政五郎が先回りした。「鉄瓶長屋のこころだ」

「そうだよ」平四郎は深くうなずく。「心を押さえちまえば、あとはどうにでもなる。お徳が率先して、このよくできてるようでいて粗忽な二重の作り話を広げてくれる。実はな、政五郎。今となっちゃ恥ずかしい話だが、俺もころりとやられた口なんだ。久兵衛が鉄瓶長屋からいなくなる直前までは、俺はお露を引っ張って、実際のところ八百富で何があったのか、しっかり聞きだそうと思っていた。ところが、久兵衛は消えるわお露は泣くわお徳にはうち明け話をぶつけられるわで、結局腰砕けになっちまってよ、何もしないで放っておこうってなことになっちまった」

政五郎はニコニコした。「そういうお優しいところが、旦那の旦那たる所以です。ちっとも恥ずかしいことではないと存じますよ、あたしは」

平四郎はがぶりと茶を飲んだ。水ようかんの皿はとっくに空である。

「お徳は、一年以上も寝たきりの亭主を、一人でちゃんと看取ってやってるんだ」

平四郎が湯飲みを持ったまま呟くと、政五郎は「はい」と応じた。

「そういうお徳さんに対しては、お露の作り話はてきめんに効いたことでしょう。兄さんが、寝たきりの父さんを手にかけようとした、あたしは放っておけなかった――」

平四郎は腹の底から言った。「お徳が哀れだよな」

しかし政五郎は毅然と言い返した。「いえ旦那、あたしはお徳さんが哀れだとは思いません。哀れなのは、おそらくは嘘をついているに違いないお露のほうでござんすよ」

「お徳を騙さなきゃならねえからかい？」

「それもござんす」政五郎は言って、ほんの少し眉をひそめた。「お露の言っていることは作り話だとしても、実際に太助は殺されております。すると旦那、太助には、殺されなければならない理由が、ほかにちゃんとあったということになりますね？」

平四郎は政五郎の言っていることを噛みしめ、その意味がわかってくるに連れて、だんだん座り直した。

「そうだ……おめえの言うとおりだ」

「湊屋さんは、存念はどこにあるにしろ、店子をひそかに追い立てるのに、金こそばらまいてはいるものの、けっして乱暴なやり方はしていません。お律の一件は、博打の借金という格好の芝居を打ったから、荒くれ者を使わないわけにはいかなかったんでしょうが、それも見かけだけで、実際にはお律は、針の先ほどの危ない目にも遭っておりませんよ。それなのに、太助一人は命をとられて、ずいぶんと扱いが違うとは思えませんか」

そうである。他の店子たちの扱われ方、騙され方、操られ方に比べたら、太助の受けた仕打ちだけが、飛び抜けて不当で残酷だということになる。

「これには、それ相応の理由があったはずでござんす。そしてその理由は、湊屋さんが何とかして鉄瓶長屋を無人にしてしまいたいという理由と、どこかで絡んでいるんじゃござんせんか？　太助がそれとまったく関わりのない男だったならば、命まで獲られることはなかったような気がするんでござんすがね」

政五郎は言って、ちらりとおでこの方を見おろした。それで平四郎も初めて気づいたが、おでこはずっと、細かくくちびるを動かして、今この場のやりとりを口ずさんでは覚えているらしかった。

「とにかく、あたしらはお露を見張りましょう」と、政五郎は請け合った。「どんな暮らしをしているか、誰と会っているか、金の出入りや暮らし向きはどうか。細かく調べて旦那にお知らせいたしましょう。ここはまた、あたしらの働きぶりを信じて、どんと任せておくんなさい。旦那さえよろしかったなら、この件がすっかり片づくまでは、今後はあたしらを、前回の権吉お律のときのような一回の買い切りじゃあなしに、旦那の手下としてあてにしてくだすってもよござんす。いやむしろ、そのように、あたしらの方から旦那にお願いしたいくらいです」

平四郎に否やはない。「だけどよ、俺を助けて働いたとしても、おめえらにはめざましい得なんざないぜ。それでいいのかい？」

政五郎は、この男の懐の奥の奥の緻密な縫い目を、一瞬だけ裏返して見せるみたいに、一種凄みのある笑い方をした。

「湊屋には、例の仁平もからみついておりますね」

鉄瓶長屋の店子の減ってゆく理由を、しつこく尋ねにきた岡っ引きである。湊屋にしぶとい恨みを抱いている男である。

「あれが岡っ引きの風上にもおけない男であることは、先に旦那にもお話し申し上げました。あたしらとしては――」

この際、もしもこの件が、一気に仁平の足元をすくうことにつなげられれば、それはまことにめざましい働きになるというわけだろう。皆まで言わせずに、平四郎は笑った。

「なるほど。よろしく頼むぜ」

その日の夜、平四郎は妙な夢を見た。

場所はお徳の煮売屋である。店先で、鍋がぐつぐつ湯気を立てている。平四郎の好きな芋やこんにゃくに出汁と醬油が染みて、まことに旨そうだ。

しかし夢のなかの平四郎はつまみ食いをしない。そんなことをしている場合じゃないという様子をしている。夢のなかのそういう自分を、平四郎はどこか高いところからながめている。だからこれは夢なのだが、確かにお徳の煮物の匂いがするし、湯気の熱さも感じられるのだ。

店のなかに、お徳はいない。おくめの姿も見えない。妙に静かでしんとしている。

平四郎は奥の狭い座敷に続く障子を開ける。からりと音がした。

そこに、お徳の死んだ亭主がちんまりと座っていた。名前は何と言ったっけ——そう、加吉だ。確か加吉だ。

加吉はずいぶんと痩せている。洗い晒した浴衣を着ているが、その襟元がはだけ、痩せた胸が丸見えだ。あばら骨を勘定することだってできる。彼は敷きっぱなしの薄い布団の上に正座して、なぜかしらしきりと平四郎に頭を下げる。

——おい加吉、起きてちゃ駄目だ、寝てないといかんぞ。おめえは病人だ、お徳に叱られるぞ。

夢のなかでそんなふうにたしなめて、しかしその夢を見ている平四郎自身は、俺は加吉に会ったことなどない、加吉の顔など知らないぞと思っている。

そして気がつくと、加吉はいなくなっている。座敷は血だらけで、そこに太助の亡骸が転がっている。仰向いて、胸や首の切り傷がむき出しになっている。

——なんでお徳の家で太助が死んでるんだよ。おかしいじゃねえか。

夢だからしょうがねえんだと思いながらも、平四郎は太助の屍を片づけようとする。このままじゃお徳は商売あがったりだ。履き物を脱いで座敷にあがり、ささくれだった畳の上に投げ出されている太助の腕をつかんで持ち上げる。

すると出し抜けに太助が起きあがってきた。両手で平四郎につかみかかる。太助の目はあさっての方向を向いており、口ががくんと開いて舌がはみ出している。

わっと叫んで平四郎は逃げ出した。太助の腕がからみついてくる。それを必死で振りはらう。はらってもはらっても、冷たくてぶよぶよした死人の指が平四郎の腕や肩をつかみ、どうしても離れようとしない。

——おめえはとっくに死んでるんだ、動くんじゃねえ！

わめいて、飛び起きた。すると今度は誰かがきゃっと叫んだ。どたんとひっくり返る。平四郎は寝床の上に半身を起こして、ぜいぜいと胸をあえがせながら周囲を見回した。

寝床の反対側に、弓之助が突っ伏していた。

「おめえ、何やってんだ？」

弓之助は俯せたまま、「むう」というような声を発した。「あ痛タタ」と言いながら、やっとこさ起きあがり、頭をさすった。

「何をやってるじゃありませんよ、叔父上。非道いじゃありませんか」

「何が非道いんだよ？」

平四郎は腕で顔の汗をぬぐった。すっかり夜は明けており、障子には陽がかんかんと照りつけている。ささやかな庭に、すでに鳥の声は聞こえない。とんだ寝坊をしたようだ。

「叔父上がうなされているというので、わたくしは起こしに来てさしあげたのです」

「うなされてた？　俺が？」

「はい。まるで熊のように鬼のように」弓之助は恨めしそうに口の端をひん曲げた。「そうしたら、途端に投げ飛ばされました。叔父上、いったいどんな夢を見ておいでだったのでございますか？」

やっと汗が引いてきて、平四郎の息も整った。だが、落ち着いた途端におかしなものを見てしまい、腹を抱えて笑った。

「何がおかしいのでございますか？」

平四郎は指さした。

「おめえの顔だ。畳の痕がついてら。それにその目のまわりの青痣。よっぽど強く打ちつけたんだな」

弓之助は手で顔をさすって確認した。「どうりでちくちくするはずです。擦り剝けました」

「それにしたっておめえも甘いな。寝ぼけた俺に投げられたぐらいで、そんな痣をこしらえるなよ。さては、この世に受け身ってもんがあるのを知らねえな」

弓之助はさらにむくれた。「この青痣は、今できたものではございません。今朝方道場でできたものなのです」

「やっとうの稽古で顔を殴られるのかい？　まともに突きをくらったか」

弓之助は何か言い返そうとしたが、ぐいと言葉を呑み込むようにしてやめた。「わたくしの顔のことは良いのです。叔父上、お知らせがあって参りました」

平四郎はもそもそと寝床を抜け出した。

「何だよ」

「瀬戸物町の長屋から、お律さんが姿を消しました」と言って、驚いた平四郎が口を挟む前にすらすらと続けた。「お律さんがまた瀬戸物町から余所へ逃げるということもあり得ると思いついたものですから、昨日様子を見に行ってみたのです。案の定でした」

「いつ逃げたって？」

「一昨日です」

「権吉は知ってるのかな？　俺が昨日の夕方のぞいて見たときには、やっこさんはまだ鉄瓶長屋にいたぞ」

「だったら、お律さんは今度こそ、だらしない父親を放り出して逃げてしまったのですね。権吉さんが騒ぎ出さないのは、何か言い訳を聞かされているのでしょう。あるいは、また湊屋から因果を含められてるのかもしれません。とにかく、お律さんがどこへ行ったかは、わかりません。むろん瀬戸物屋もやめていました」

平四郎は寝間着の襟で顔を拭いた。「湊屋がかくまったのかな？」

「かもしれませんですね」

「まあ、いい。昨日俺は、政五郎たちと手を組むことに決めたんだ」平四郎はざっと説明した。「お律の行方も、政五郎たちに探してもらおう。連中なら見つけてくれるさ」

弓之助はまた顔に触った。畳の痕はまだついている。「叔父上、今日はまた鉄瓶長屋に見廻りにおいでになりますか？」

「ああ、行くよ。昨日豆腐屋一家が立ち退いちまった。佐吉はがっかりしてる。まめに様子を見てやりたいからな。なんでだ？」

「わたくしも一緒にお連れいただきたいのです」弓之助はぺこりと頭を下げた。「お邪魔はいたしません。どうしても小平次さんのお気に障るようでしたら、こっそり後からついて行きます。でも、どうしても叔父上にとりなしていただかないと計れないことがございますし」

「計るって、何をだよ？」

弓之助はくるりと目を動かし、少しばかり企みを抱いたような顔で答えた。「お徳さんの耳の良さと、八百富から差配人の家までの距離でございますね」

そして、人形の顔でニコリと笑った。「さらには、お露さんと同じくらいの年格好の娘さんが、どこかで都合できるともっと有り難いのですが」

平四郎はぞりぞりに伸びた顎の鬚をさする。

「するてえと、何だ、お露に似た若い女を走らせて、その足音がお徳の耳に届くかどうか、計ろうっていうのかい？」

弓之助は座ったままぴょんと跳ねた。「そのとおりでございます！」

「だが、何でそんなことをするんだい？　お露の足音は確かに聞こえたんだろうさ。そうでなきゃお徳が目を覚ますわけがねえ」

聡い弓之助も、暑さ負けで頭が鈍っているのかもしれない。平四郎は大あくびをすると、枕元に放り出してあった団扇を取って、子供の顔をあおいでやった。

「何度も言うが、お徳は鉄瓶長屋のツボだ。そのツボを押すためには、お徳を巻き込まなきゃしょうがない。だから久兵衛もお露も――心の内じゃ済まないと思ってたかもしれねえし、そうであってほしいと俺は思うがね――ああやって芝居を打ったんだろうよ。だがな、それが俺にはやりきれねえんだ」

弓之助はうなずいた。「お気持ちはお察しします。わたくしも、政五郎親分と叔父上のお考えのとおりだと思います。でも叔父上、だとすると、お徳さんは、あの夜、足音を耳にして起き出さなくても、どっちにしろあの大芝居の筋書きに巻き込まれることになっていたのではありませんか？」

「まあ、そうなるな」

段取りとしては、久兵衛が、八百富で不幸なことがあったと、お徳を起こしに行くという格好になっていたんじゃないのか。お徳が耳ざとかったおかげで、実際にはその手間が省けたわけだが、それはあくまでもたまたまそうなっただけだろう。

「そこですよ、叔父上」弓之助はきりりと眉毛を吊り上げた。「お徳さんはたまたま足音を聞きつけて目を覚ました。べつに、お露さんがお徳さんを巻き込むために、わざわざ大きな足音をたててお徳さんの住まいの前を行ったり来たりしたわけじゃない」

「そりゃそうだ。そんなことをしたら、ほかの連中だって目を覚ましちまうかもしれないだろうがよ」

「では」弓之助は膝を乗り出した。「お徳さんを目覚めさした足音の主は、お露さんではなかったかもしれないということも考えられますですね？」

平四郎は団扇を使う手を止めて、あんぐりと口を開いた。

「誰だって言うんだよ」と、やっと言った。

「さあ、誰でございましょう」弓之助はにこにこする。「お徳さんが起き出して久兵衛さんの住まいに駆けつけたとき、久兵衛さんとお露さんはそこにいた」

「そうだよ。お露は久兵衛の家に駆け込んでいたそうだ」

「寝たきりの富平さんは八百富にいた」

「ほかに行きようがねえ」

「太助さんも八百富で死んでいた」

「起き出す気遣いはなかったろうな」

弓之助はさらに膝をにじりにじり乗り出す。「繰り返しますが、八百富の太助殺しも、湊屋が鉄瓶長屋の店子たちを立ち退かせるための筋書きのなかで起こったことです」

「そうだよ」

「すべてが湊屋の意向で動いていることならば、太助さんを殺したのはお露さんではなく、湊屋の手の者、つまり第三の人物だ——ということは充分に考えられます」

平四郎はまた団扇を使った。

「ですから——」と、弓之助。「お徳さんを目覚めさせた足音の主は、その第三の人物だったのではないかと、わたくしは思うのです」

「八百富から逃げるところだったってことか？」

「はい」

一拍おいて、平四郎は思わず問い返した。

「どこへ？」

弓之助は真顔で首をかしげた。「お徳さんは足音を聞いてほどなく久兵衛さんのところに向かっているのだし、長屋の外へ逃げ出すには、時がなかったでしょう。それに、お徳さんの聞いた足音は、久兵衛さんの住まいの方に向かっていた——」

平四郎は顎を引いて弓之助を見つめた。

「久兵衛がそいつを匿(かくま)っていたと？」

「はい」弓之助はきっぱりうなずく。「そう長いことではなかったでしょう。夜が明ける前に、外に逃がしてしまったのでしょうから。匿うというのは大げさで、その第三の人物は、とりあえず久兵衛さんのところで着替えたり、手を洗ったりしていただけかもしれません」

弓之助の言うことはあたっているかもしれない。第三の人物——

「その辺のことを確かめるために、おまえは、お徳の耳への足音の〝聞こえ方〟を計りたいわけだな？」

「そうでございます。場合によっては、お徳さんを目覚めさせた足音の主の、身体の重さや歩幅も推測できるかもしれません」

「やめとけ」と、平四郎は即座に言った。さらには背丈も——」

「やめとけ」と、平四郎は即座に言った。「俺は嫌だ。そんな計りものはやめとけ」

弓之助は目をくるりとさせた。「叔父上？」

「そんなもん計って確かめなくても、おまえの言うことは充分もっともらしいよ。太助を殺したのはお露じゃねえ。あの娘の着物に血がついていたのは、筋書きをそれらしく見せるための小細工だろう。そうでなきゃ、死んだ兄さんの身体にとりすがった時にくっついたのかもしれねえ。いずれにしろ、太助が殺されたとき、お露は同じ屋根の下にいたんだからな」

「はあ……」

「おめえの言うとおり、第三の人物がそこにいて、太助を手にかけたんだろう。俺はどのみち、そいつを捕まえなきゃならねえ。だが、そいつの背丈だの貫目だの歩幅だのなんて、知ってもしょうがねえ。江戸中の男の背丈と歩幅を計って歩くヒマはねえからな」

「江戸中を計って歩かなくても、きっと湊屋の奉公人たちのなかにおりますよ」弓之助は颯爽と言ったが、平四郎にどんよりとにらまれて、急に声が小さくなった。「あの苦み走った番頭さんだということだって――」

平四郎は団扇を投げ出した。そしてよっこらしょと立ち上がった。

「叔父上？」

「着替えるんだ。手伝え」

「叔父上、悲しそうなお顔をしておられますね」

そのとおり、なんだか急に気が滅入ってしまったのだ。クサクサしてしまったのだ。どうしてまた鉄瓶長屋でこんなことが起こったんだろう。平四郎は、人殺しを捕まえるだの、隠し事を暴くだの、平四郎に向いている仕事ではないのだ。平四郎は、知らないことは知らないまま、聞かないことは聞かないまま、わからないことはわからないままにしておくのが好きなのだ。本当の人殺しはどこの誰かなんて、弓之助のような子供と話し合ったりしたくはないのだ。

それにもまして、こんな話をお徳の耳に入れたくはない。弓之助の言うとおりにするならば、お徳にも事情をうち明けねばならないだろう。お徳の心に、お露や久兵衛への疑いを吹き込むようなことをしたくはない。できるならば、お徳には何も知らせないようにしてやりたい。たとえ彼女が騙(だま)されて、知らぬ間にこの芝居に一役かわされているのだとしても、それでお徳がひどい害を被るというのでないのなら、そっとしておいてやりたいのだ。

「わたくしは叔父上のお手伝いをしたいのですが、ひょっとしたら、それは余計なことなのかもしれませんね」弓之助は呟いた。「小賢(こざか)しいことばかり申し上げているのかもしれませんね」

「そんなこたあねえよ。おめえは賢い。よくものが見える。だから見えたまま考えたままを言ってるだけだ」

「でも……」

「気にするな。俺はちょっと、寝起きが悪いんだ。妙な夢を見たからな」

平四郎は弓之助を見おろしてにっと笑った。

「鉄瓶長屋には連れていってやるよ。小平次には余所(よそ)を廻らせよう。ちょうどいい、俺もおめえを佐吉に引き合わせたかったんだ」

弓之助は畳に手をついて頭を下げた。「ありがとうございます」

「そうバカ丁寧にしなくっていいよ。それより叔母上を呼んできてくれ。さっさと顔を洗わなくっちゃならねえからな」

弓之助はうつむいたまま動かない。平四郎はにわかに心配になった。賢いといっても子供のことだ、平四郎に叱られたと思って、しょげてしまったか？

「弓之助？」

のぞきこむと、弓之助は鬼がくしゃみをしたような表情をしていた。

「叔父上――」

「何だよ、どうしたんだ？」

弓之助は真っ赤になった。

「叔父上、足がしびれました」

と言って、ころりと転げた。

小平次はずいぶんと抵抗した。なんで坊ちゃまが旦那のお供をして、わたしは余所へ回されるのですか？　旦那はもうわたしがご不要になったのですか？　このごろは、あんなにお嫌いになっていた岡っ引きもお使いになるし、わたしには旦那のお考えがわかりませんですよ！

「うへえ」平四郎は彼のお株を奪って恐れ入ってみせた。「そう怒るな。弓之助を佐吉に紹介するだけだよ。いいじゃねえか、おめえは井筒の身内みたいなもんだ。跡取りになるかもしれねえ子供のことなんだから、堅いこと言うなよ。それに政五郎はなかなかの人物だぜ。そう毛嫌いするもんじゃねえ」

ずいぶんとなだめたつもりだが、それでも小平次は、肉付きのいい丸い肩をぶりぶり怒らせて出かけて行った。弓之助もこれには参ったようだ。

「もしかしてわたくしが井筒家の跡取りになると、小平次さんの子供がわたくしの中間になるのですか？」

「小平次には倅はいねえよ。娘だけだ」

「ああ、良かった」

「だが、婿をとるぞ。どっちにしろ、あいつとはよしなにしておいた方がいいってことだな、諦めろ」

ぎらつくお天道様に、大汗を流しながら鉄瓶長屋に着いてみると、佐吉は豆腐屋一家が家移りした後の家を、熱心に掃除していた。埃よけの手拭いで顔の半分を被っているが、のぞいている両の目は、お日様と裏腹に暗く見えた。

出入口の障子戸がはずされて、障子紙もきれいにはがされ、桟のすみずみまで水で洗い流されている。乾いたら新しい障子紙を貼るつもりなのだろう。畳も一枚残らず上げられて、日向に並べられている。

「なんだか声がかけにくいな。後にするか」

弓之助はじっと、せっせと働く佐吉を観察していて返事をしない。

「どうだ、お徳のところに顔を出してみるか？」

弓之助は一心に佐吉を見ている。

「あそこにはおくめもいるしな。おめえが顔を出したら、きっと大騒ぎになるぜ。あら可愛いなんてな」

弓之助はまたたきもせずに佐吉を見ている。

「おい」平四郎は弓之助の頭をぽかりとやった。「佐吉の背丈と貫目なら、俺が訊いてやる。目測するんじゃねえ」

弓之助はぶたれたところを撫でた。「ばれていましたか」

「俺もおめえに慣れてきたからな」

「べつに佐吉さんを疑っているわけじゃありません。あの人には、湊屋さんに力添えして太助さんをどうにかしなくちゃならないような義理はありませんから」

「あたりめえだ」

弓之助は口のなかで何かもじょもじょと呟いた。平四郎の耳が確かであるならば、

——太助さんはなぜ殺されたんだろう？　と呟いていたようである。

思ったとおり、弓之助は——正確には弓之助の整った顔は——お徳とおくめを仰天させた。おくめは大いに喜び、お徳は平四郎と弓之助の顔を見比べて、それから大笑いをした。

煮売屋の店先は暑い。おくめはまだあせもで苦しんでいるようで、窶（やつ）れた感じはそのままだ。湿布（しっぷ）薬の匂いも漂う。だが弓之助はそれらのことを苦にする様子もなく、きちんと挨拶

弓之助は心得顔で外へ出ていった。おくめは口を尖らせている。

「坊ちゃん、暑いだろう。どうも水売りが来たようだから、涼みがてらにちょっと外へ出て、呼んで来ておくれでないかい？　悪いね、ありがとうよ」

笑顔で弓之助に話しかけながら、お徳はおくめの足を蹴った。

「坊ちゃん、河合屋さんには、今でも、染太郎さんていう手代さんはおいでかい？　背が高くてちょっと鼻筋が細くって、顎が長くて色白で。あたしあの人なら馴染みで――」

「騒ぎなさんなよ。鍋を見ておくれよ、焦げるじゃないか」

「ワタクシだって。ゴザイマスだって。お徳さん、小さい子がこんなしゃべりかたするの、あたし初めて聞いたよう」

「わたくしの母はとてもお転婆だったので、とうてい同心の妻にはなれぬと、商家に嫁に出されたのだということでございます」

「女房の姉さんが嫁いだってだけだ。俺は関係ねえよ」

「そうかね、藍玉問屋の河合屋の坊ちゃんなんだね。旦那にそんな羽振りのいい親戚がいるなんて知らなかったよ」

明るく応じるのを興味深くながめた。

こんにゃくと冷たい麦湯を招ばれながら、ひとしきり、女たちの問いかけに弓之助が律儀にをすると、おとなしく良い子の態度をとって、二人のおばさんを喜ばせた。平四郎は熱々の

「ひどいじゃないか、いきなり蹴るなんて」

「坊ちゃんの前であんたの昔のお馴染みの話なんかするもんじゃないよ、バカ」

「いい男だったんだよ、染太郎さん。情の濃い人でさあ」

「あんたはもう煮売屋なんだから、濃い薄いなんてのは、味付けの心配だけしてればいいんだよ」

「それだけじゃ、人生つまらないじゃないか、ねえ旦那」

「俺は知らねえ、どっちの味方もできねえ」

弓之助が水売りを連れて戻ってきた。お徳がやりとりをしているあいだに、平四郎はこそっとおくめに訊いた。

「豆腐屋の後は、誰か店子が入るわけじゃあるまい？」

おくめは首を振る。「今のとこは、そんな話なんか聞いてないよ」

「佐吉はむきになって掃除をしてるんだな」

「気の毒だよね」はあっとため息をつく。

「一生懸命やってくれてるのにさ。近ごろじゃ、長屋の外でもあれこれ言われてるよ。鉄瓶長屋は人殺しと久兵衛さんの出奔（しゅっぽん）でみそがついて、もう駄目じゃないかって」

「駄目って、人間じゃねえんだ、長屋に寿命なんかはあるまいよ」

「いんや、あるんだよ、旦那」

濡れた手を前掛けで拭きながら、お徳が戻ってきた。弓之助は店の前で、犬をからかっている。しっぽのくるりと巻いた子犬で、ちかごろ鉄瓶長屋のまわりに出没するようになった野良だが、なかなか可愛い顔をしており、皆から残飯をもらって結構な暮らしをしているようだ。

「あたしはいろんな長屋を転々としてきたからね。今よりももっと貧乏だった若いころには、それこそ裏長屋の厠の隣にだって住んだことがある。たくさんの長屋を見てきたよ」

わんわんと吠える犬と、はね回って遊ぶ弓之助をながめながら、お徳は言った。

店の奥からおくめが醤油樽を持ってきて、何も言うわけでもなく、ただ心得顔でお徳のうしろに据えた。お徳はそこに腰掛けた。平四郎は驚いた。商いをしているあいだに腰をおろすなんて、お徳にはかねて一度もなかったことだ。平四郎は驚いたが、一方でふと安心した。お徳とおくめ、なんだ、いい組み合わせだったじゃねえか。

「建物の寿命っていうんじゃなくってさ、あるんだよ、お店や長屋や貸し家にも、それ相応の寿命ってもんがさ。人が集まって住む場所だろ？　運が尽きるときが来るんだよね。夜逃げが続いて店子が少なくなるってこともあるし、火事でみんな死んじまうこともある。流行病で店子が根こそぎやられて、それきり誰も引っ越してこなくなることもある。これが初めてってわけじゃない。何度も経験してきたよ」

お徳は太い腕で自分の身体を抱くようにして、少しばかり疲れたような笑みを、平四郎に見せた。

「久兵衛さんがいなくなったことで、鉄瓶長屋はたがが外れちまった。それでさ、急に寿命が来たんだよ。ここはもう終わりだね。豆腐屋だけじゃない、魚屋の箕さんたちも出ていくみたいだよ」

平四郎は眉を上げた。「箕吉たちには、どこか行くあてがあるのかい？」

また湊屋の手が回ったのかと思ったのである。しかし、お徳はあっさりかぶりを振った。

「何もないよ。ただ家移りするしおどきかなって、相談してるだけさ。あたしだって考えてるよ、旦那。ただ、新しい家を見つけるったって、佐吉――佐吉さんに請け人になってもらうわけにはいかないからさ、別のつてを頼らなくちゃね」

「あたしんとこの、先の差配さんが力になってくれるかもよ」おくめが屈託無く言って、鍋をかきまわした。

「おまえの言うことはわかるよ。俺も伊達に市中をほっつき歩いてるわけじゃねえからな。確かに、何かの事情で人の住み着かなくなる家や長屋はあるだろうさ」平四郎は言って、お徳の顔を見た。

「だが、鉄瓶長屋は火事にやられたわけでもねえし、疫病も出てねえ。夜逃げしなくちゃならねえような困った店子だって一人もいなかった。だいいち、この長屋はまだ出来てから十年くらいしか経ってねえんだ。寿命が来るには、いささか早すぎるだろう」

お徳は、倒れる前よりはずいぶんと肉の落ちた肩をすくめた。「どうだかね。十年もよく保ったって言った方がいいかもしれないよ。元々げんの良くない土地なのかもしれない」

「おまえらしくもねえ言い方をするなあ」

お徳は歯を剥いて笑った。楽しそうな笑顔ではなかった。

「だってここはさ、元はそこそこ大きな提灯屋の家だったんだ。けっこうはやってて、立派な家だったんだよ。住まいだけじゃなくて作業場もあってさ、住み込みの職人もいてさ。それが、提灯屋の旦那がおかしくなって、いっぺんで傾いちまって」

平四郎も、その話なら知っている。提灯屋の商いが傾いて、借金がかさんで家と地所を手放すことになって、それを湊屋が買い取った、そして鉄瓶長屋を建てた――それが十年前のことだったのだ。

「ここには最初から、そういう、よくない思い出がしみついてたんだ。あたしらが愉快に暮らしていいような土地じゃなかったんだよ、旦那」

平四郎は顔をしかめた。おくめの方に目をやると、彼女も困ったようにしきりとまばたきをしながらお徳をながめている。弓之助は、犬をはさんで近所の子供と話をしていた。可愛い女の子だ。なかなか手早い。

「お徳さんは、ここんとこ気が沈んでるんだよ」と、おくめがとりなすように言った。「旦那には話していいだろ、お徳さん」そしてお徳の顔色を見た。

お徳は黙って前掛けで顔を拭いた。

「何だ？」と、平四郎はおくめに訊いた。彼女はちょっと声を低くした。

「十日ぐらい前から、お徳さんの夢に、死んだ太助さんが出てくるんだって」

「八百富の太助が？」

「ほかにいるかい？」お徳が少し喧嘩腰で言った。「そうだよ、あの血だらけになって死んだ太助さんだよ」

「そう口を尖らせるなよ。で、太助はおまえに何か言うのか？」

「何も言いやしないよ。ただ、恨めしそうな顔であたしのこと見てるだけさ。あたしは一所懸命頼むんだ。成仏しておくれよ、あんたには気の毒だったけど、お露ちゃんだってやむにやまれず――」

言いかけて、お徳ははっと口をつぐんだ。表向きは、太助は正次郎という、昔「勝元」の板場で働いていた男に殺されたことになっているのだ。表向きには、それが〝殺し屋〟の正体だということで決着しているのである。

「あたし、もうこの長屋にはいたくないんだよ」お徳は前掛けの端をくしゃくしゃに握りしめて言った。「箕さんたちとも、しょっちゅうそんな話をしてたんだ。おえんさんところも、家移りしたいって言ってる。こんな櫛の歯が欠けたみたいなスカスカの長屋、住んでいたくないもんね」

平四郎は、今朝方自分の見た夢のことを思い出していた。そして心の片隅で、お徳が恨めしげな様子の太助の夢を見るのは何故だろう、お徳はお徳なりに、何も知らなくても、太助の死に方におかしなところがあると感じているのだろうか、それとも、あくまでも太助を殺したのはお露であると信じているからこそ、太助への不憫さが募り、それが悪夢になるのだろうかと考えていた。

「佐吉さんはよくやってるよね」おくめが優しい声で言う。「だからあたしたち残念だけど、でもね旦那、ここで甲斐のない苦労をするよりも、佐吉さんだって、余所へ行った方がずっといいかもしれないよ」

まるでその会話が聞こえているみたいに、表の頭上のどこかで、官九郎が一声啼いた。とたんに、お徳が下を向いたまま、吐き出すように言った。

「烏なんか、連れてくるから悪いんだよ！」

挨拶を交わしてお徳たちと別れると、弓之助は妙にそわそわした。平四郎は気がふさいでいたのですぐには気づかなかったのだが、

「なんだ、小便か？」

「違いますよ、叔父上」

弓之助は後ろめたそうに首を縮める。

「叔父上の暗いお気持ちはお察しできるのですが、でも、わたくしは乗りかかった船で、今ではこの鉄瓶長屋で起こっている出来事を解明しなくては落ち着かなくて——」

「わかってるよ。で、何だ」

「八百富の空き家を見せていただくことはできないでしょうか。もちろん、佐吉さんには内緒で」

空き家はどこも、掃除こそきちんとしてあるが、鍵などあるわけもない安普請である。出入りは自由だ。見回した限りでは佐吉の姿も見えないから、気兼ねも要らない。

「そりゃ、簡単だ。ただ、ざっとだぞ」

「はい、かまいません。ざっとで良いんです。今は」

八百富の三人が暮らしていたころには、乏しいなりに家具もあり、布団もあり、壁には暦が、棚には花が、そして店先にはもちろん商いものの季節の野菜が——と、温もりに満ちていた家も、今はがらんどうだった。それなのに陽射しばかりがかんかんからからと照りつけて暑いのが、かえって気に障った。

弓之助は、一階の座敷や台所、土間のあたりをぐるぐると歩き回り、足元ばかりを見つめている。そして両手を腰にあて、うんと唸ると、平四郎に訊いた。

「叔父上、鉄瓶長屋が建つ以前に、ここにいた提灯屋の素性はご存じですか？」

「詳しくは知らねえな」

「さぞ大きな家だったことでしょうね？」

「そうだな。まあ、住まいだけじゃなくて作業場もあったそうだからなあ。庭だってあったろうし。それに提灯てのは、作ってるときには場所をとるからな」

弓之助はうんうんと、一人でうなずく。

「わたくしが測量を習っている佐々木先生のことは、叔父上にもお話ししましたね？」

「聞いた。聞いたが俺は誰にも洩らしちゃいねえぞ」

勝手な測量や地図作りは、下手をすれば獄門首に通じる御法度である。

「先生ならば、ここに提灯屋があったころの切り絵図をお持ちかもしれません。提灯屋の家の間取り図も、それを建てた大工を捜し出せば手に入れることができるし」

「おまえ、何を考えてるんだ？」

弓之助は問いに答えず、空っぽの家のなかで声を潜めた。「提灯屋の主人は、湊屋ゆかりの者だったのではないかと思います」

「へ？」

「あるいは、お内儀のおふじの実家と関わりがある者かもしれません。ともかく、誰かと何らかのつながりがあったはずです。まったくの赤の他人ではなかったはずです」

「おまえな──」暑気あたりかと平四郎は思った。空き家の熱気はおつむりを直撃する。

「八百富の富平さんも……」弓之助は天井を見上げて続ける。「ひょっとしたら、湊屋縁故の人です。何とか調べられませんか」

「調べるって――」

平四郎はあわてた。どうやら、弓之助は正気でしゃべっているようである。

「もしも富平が湊屋と関わりがあったんなら、調べるまでもねえよ。お徳が知ってるはずだ。あいつはいちばん最初から鉄瓶長屋にいるんだから」

「それはどうでしょうか」弓之助は、ちょっと生意気な目つきをして、指を振った。わざとやっているのだろう。芝居がかっている。

「お徳さんだって、神様じゃありません。隠されていることは見抜けないだろうし、嘘にも騙されるでしょう。とても良い人ですね。優しくて面倒見が良くて。でも、だからこそ、古着の裏をひっくり返して下手な継ぎ当てを探し当てることは得意でも、人の心の裏をひっくり返してかぎざきを見つけるようなことは不得手だと思えます」

「おめえ、わかったような口をきくなあ」

「申し訳ありませんが、性分なのです」

それはまあ、委細承知だ。

「本人に訊いたらいかんのかい？　富平にさ。少しは良くなってるようだから、しゃべれるだろうと思う――」

弓之助は両手を下げて平四郎を見ている。

「叔父上、探索事は、本人に訊いたら何もかも台無しだからこそ、こっそり行うのではありませんか？」

「本人に訊いても、本当のことを言うとは限らないしな？」

「そのとおりです」

平四郎は、住み手のないまま日に焼けてしまった障子紙に目をやった。黄ばんだ色がもの悲しい。家は人あっての家だ。

「調べることはできるよ」と、首筋をかきながら答えた。なんだか、悪事に荷担しているような後ろめたさがある。

「造作ねえよ」〝黒豆〟に頼めばいいんだ。

「ありがとうございます」弓之助は深々と頭を下げた。そして、急に幼い顔つきに戻ると、平四郎の袖を引っ張った。

「早く出ましょう。暑いです。喉が渇いてしまいました」

八百富の空き家を出てゆくときの弓之助は、妙にあわてていた。そのくせ、痛ましいものでも見るみたいに切なそうな顔をして家のなかを振り返ってから、両手でぴしゃりと障子を閉めた。その際、南無阿弥陀仏（なむあみだぶつ）——と呟いたみたいに聞こえた。お徳の夢枕に立つ太助のことを、やっぱり気にしているのだろうと平四郎は思った。

訪ねてみると、佐吉は家にいた。一人ではなかった。長助と二人でもなかった。みすずが来ていたのである。

二重に驚いたことに、彼女はあの分厚い鼻眼鏡をかけて、華やかな刺繡をほどこした着物の袖をたすきでたくしあげ、台所に立っていた。なにやら青菜を茹でているような匂いがする。卵の殻が三つ四つ捨ててある。蓋の下から笹の葉をのぞかせた手桶が、風通しのいい日陰に置いてある。刺身だろうか。

佐吉と長助は、押し込みにでも入られたみたいに、身を寄せ合ってみすずを遠巻きにしていた。彼女はめっぽう陽気そうで、佐吉はひたすら困っているように見える。

「こりゃこりゃ、押し掛け女房かね？」

平四郎が声をかけると、みすずはぱっと赤くなった。

「まあ、おからかいになって。嫌ですわ、旦那」

言葉遣いも、いきなり女っぽいではないか。後ろで佐吉が頭を抱えているのも無理はない。

平四郎はにやにやしながら、三人に弓之助を紹介した。佐吉は驚いて進み出ると、丁重な挨拶をしようとしたが、平四郎が遮るよりも先に、当の弓之助に止められた。

「わたくしは、叔父上の甥ではありますが、河合屋というしがない商人の小倅です。どうぞお手をおあげくださいませ」

佐吉は呆気にとられた顔で、思わずという感じで吹き出した。「そちらのお言葉も丁寧に過ぎますよ、坊ちゃん。俺はここの差配人です。しがない身の上であることに変わりはありません」

「それでは、あいこにいたしましょう」

しばらくのあいだ如才なく世間話をすると、弓之助はおもむろに腕まくりをして、みずの手伝いをしようと申し出た。平四郎は座敷の方へあがって、目をシロクロさせている長助の頭を撫でてやり、佐吉がいれてくれた茶を飲んで汗を拭いた。

「お嬢様は一人で来たのかい？」

佐吉はぐったりと首を振った。「今日は女中さんに送られてきました。日暮れ頃に迎えに来るそうです。それまでに夕飯の支度をとおっしゃって」

「いいじゃねえか。やらせとけよ。長坊だって、あのお姉さんなら怖くもねえよな？」

長助は佐吉を見上げて、なんとなく笑っているような顔をした。

「それにしても、ここへ来るとわかっていて、湊屋がよくお嬢様を出したもんだ」

「お嬢さんの話じゃ、止めたら店先で大暴れをしてやると脅かしたんだそうです」

「ははあ。小うるさい近所の連中に、お大名家に嫁入り前のお嬢さんが、襦袢の裾をチラチラさせて番頭を足蹴にしてる有様を見られたりしたら、かえって面倒なことになるもんな」

「旦那は気楽な仰りようをするなあ」

「すまんなあ、つまりは俺は野次馬ってことよ」平四郎はヘラヘラと言ったが、もちろん本気ではなかった。お徳の心も心配だが、佐吉の心の内も案じられる。湊屋の目的が何であれ、恐らくは彼も騙され、いいように使われているクチなのだ。

佐吉はそれでも、平四郎がいることで気がほぐれたのか、平四郎に問われるままに、豆腐屋の家移り後のことや、北町の差配人の寄合でも鉄瓶長屋から店子がいなくなっていることで嫌味を言われたことや、地主の湊屋もそのことではいたく参っているらしく、わざわざ大番頭がやって来て、様子を聞いていったということなどを、ぽつぽつと語った。

「大番頭さんのお話では、湊屋の旦那は、どうやら鉄瓶長屋にはケチがついてしまったんだろう、いっそのこと店子をみんな余所に移して、うちで寮でも建てて使おうかと仰っているそうです」

恐縮しているのか、猫背になってそんなことを言った。

しかしそれは、平四郎には片腹どころか腹をひとまわりして背中まで痛くなるような話だった。何も知らない佐吉に向かって、しらっとした顔で、よくまあそんな台詞（せりふ）を伝えるものだ。

「おめえがこんなに苦労して、一生懸命務めてるのに、あっさりと言ってくれるな」

佐吉はますます背中を丸めた。「旦那が俺の肩を持って下さるのは有り難いです。でも俺は——」

「わかってるよ。総右衛門には足を向けて寝られねえ身の上なんだろう？　だから、滅私奉公いたしますってわけだ」

佐吉は黙ってしまった。台所では、みすずと弓之助がきゃあきゃあ言っている。

「もしも——もしもだぞ、総右衛門の腹づもりどおり、この長屋がなくなったら、おまえはどうするんだ？」

「どうするって、どうもしませんよ。植木職人に戻るだけです」

「暮らしてゆけるのかい？」

「親方は喜んで使ってくれると思いますよ。ですから、心配はないです」

平四郎はみすずの背中に向かって顎をしゃくった。「だったらよ、ぐずぐずすることはねえや。今すぐにあのお嬢さんを嫁にもらって、植木職に戻れよ」

「旦那——」佐吉は助けを求めて長助の顔を見た。あいにく、この子は熱心に茶菓子を食っていた。

「いい娘だよ。おかずを作る腕前のほどはわからねえけどよ」

みすずは卵がどうしたこうしたと騒いでいる。

「あの娘は本当におまえにぞっこんなんだ」

「そんなのわかりませんよ」

「わかるさ。あの弓之助な、狐が化けたようなきれいな顔だろう？　ありゃ人間業には思えねえ」

「旦那のたとえは凄いですね——まあ、あの痣には驚きましたが、剣術の稽古をしているそうですね？」

平四郎は、弓之助の持論を借りて、佐吉に説明した。曰く、彼の顔を見てぽうっとならない女は、ほかに想い人がいるのだ。

「みずも、あいつに会ってもちっともぽうっとならなかった。頭ン中がおめえのことで一杯だからよ」

佐吉は口元を斜めにして目を伏せた。平四郎はふと、とても素朴な質問を思いついた。

「おめえ、約束のある女がいるのかい？」

そのとき、台所で何かがはじけるような音がした。弓之助がひええと声をあげ、みすずが大声で叫んだ。

「ごめんなさあい！」

弓之助の白い顔に、黄色い卵がべったりとくっついていた。朝からくっついている痣のせいで、白い顔がまだらになっている。

「蒸しすぎて、蓋をとったら破裂しちゃったの！」

佐吉が弓之助を抱きかかえて、井戸端へ飛んでいった。長助はまた目を丸くしている。その頭を撫でてやりながら、平四郎は思った。ああ、やっぱりもったいねえな、あの卵。厚焼き卵にすりゃ旨いのになぁ。

その晩、弓之助は井筒の家で夕食をとった。幸い顔に火傷はなかったので、平四郎の細君の前では澄ましていて、叔母上、町の見廻りというのはたいへん興味深いものですなどと言っている。

夕食のあいだ、台所の一段低いところで箸をとっている小平次が、なんだか妙に楽しそうで、ときどき口元を押さえてクツクツ笑ったりしているのが、平四郎は気になった。どうやら、横目で弓之助の顔をうかがってはニヤついているようだ。

食事の後、平四郎は弓之助を座敷に呼んだ。小平次に笑われるような覚えがあるかどうか訊こうと思ったのだが、それよりも先に、

「井戸端で顔を洗っているとき、みすずさんから面白い話を聞きました」と、弓之助の方が切り出した。

鉄瓶長屋という変わった通り名の由来になった出来事についての話だという。

「それなら俺も知ってるよ。井戸替えをしたら、真っ赤に錆びた鉄瓶が二つも出てきたっていうんだろう」

弓之助は大真面目でうなずいた。

「その鉄瓶は、湊屋が『勝元』で使っていたものだったそうです」

それは初耳である。「本当か？」

「はい。『勝元』の屋号が入っていたそうですから。みすずさんはそれを、『勝元』の女中頭から聞いたそうですよ」

確かに面白い話だが、だからどうしたという話でもある。しかし、弓之助の目はきらきらと光っている。

「これもやはり、一連の出来事と関わりがあると思います」と、力強く言い切るのだった。

遅くなったので泊まっていけと、平四郎も細君も勧めたが、弓之助はどうしても帰ると言い張った。実際、頃合いを計ったように河合屋からは迎えの者がやって来た。

「枕がかわると寝られないのかもしれませんわね」

細君はそんなことを言ったが、平四郎は、小平次が弓之助を見送りながら、必死で歯を食いしばって笑いをこらえていることに気づいていたから、こっそりと彼を呼んで尋ねた。おい、どうしたっていうんだよ？

小平次は爆笑と共にぶちまけた。

「あの坊ちゃんは、余所には泊まれません！　おねしょをするんですからね！」

平四郎に押しつけられた見廻りのついでに、日ごろ弓之助はどんな暮らしをしているのだろうかと気になり、ちょっと河合屋に寄ってみたら、家の裏手におねしょ布団が干してあったというのである。

「弓之助のものとは限らねえだろうが」

「わたしだってただぼけっと旦那にくっついて廻っているわけじゃありませんよ。洗濯をしている女中さんに聞いて、確かめました。確かに坊ちゃんにはおねしょ癖があるそうです。夜中に一度起こしてあげないと、必ず失敗なさるそうです」

河合屋では、草木も眠る丑三つ時、あわてて厠へと走る弓之助の足音が廊下に響かない夜は、決まって翌朝、おねしょ布団干しの行事があるのだそうである。

「それにしてもなあ、小平次」と、平四郎は笑った。「おまえも、あんな子供とまともに勝負をするなよ」

深夜、枕に頭をつけて、蒸し暑さに寝つかれないまま、平四郎は考えた。いくら頭が切れようと、子供は子供ってことかねえ。やれやれ……。

蚊燻しの煙の匂いを感じながら、うつらうつらとした。夢を見たら嫌だなと思っていたら、かえって夢を引き寄せてしまった。

真っ暗な夜のなかに、足音が聞こえてくる。太助の命を奪った殺し屋が、闇のなかを駆けてゆく足音だ。その殺し屋には顔がない。目をこらしてよく見ようとしても、そこにはのっぺりとした闇があるばかりだ。夢のなかなのに、平四郎は腕に鳥肌が立つのを感じる。昨夜の夢もついでのように蘇り、太助の血だらけの亡骸が、闇の向こうで泣いている。殺し屋の足音は、そんな太助を置いてきぼりに、どんどん平四郎の方へと近づいてくる——せっぱ詰まった足音が、こっちへ――廊下を走って――

そのとき。

「叔父上、厠はどこですか、、、、、？」

せっぱ詰まった弓之助の声が響き、その顔が見えて、平四郎はぱっちりと目を開いた。

それもまた夢だった。蚊帳の底で、平四郎は腹の底から笑った。そして朝までぐっすりと眠った。やっぱり弓之助はなかなかだ、と思いながら。

## 九

井筒平四郎は、また〝黒豆〟に手紙を書いた。

今度は長い手紙になった。鉄瓶長屋の出来事について、わかったこと、わからないこと、かつて鉄瓶長屋の場所にあった提灯屋と、八百富の富平の素性について調べてほしいこと、なぜそんなことを調べてほしいかと言えば、弓之助がそうしろと望んでいるからで、その弓之助とのやりとりの内容など、あれこれ書いているうちに、巻紙の端から端までズラズラと文字で埋まってしまったのだった。

以前と同じように、手習いの師匠を務めに出かけて行く細君にそれを託すと、しばらくのあいだ文机に肘をづき、鼻毛を抜いて過ごした。元気だった夏も盛りを過ぎたのか、それとも一休みぐらいのつもりなのかは知らないが、今日は朝からよほどしのぎやすい。猫の額ほどの庭を渡ってくる風に吹かれながら、ぼんやりとした。

本当のところはどうなのか、調べてもらわねばわからない。だが弓之助が、「提灯屋も八百富の富平も、たぶん湊屋かお内儀(かみ)のおふじの縁故の者だ」と言い出したとき、さすがの平四郎にも、ふと思うところがあった。その思うところを、湊屋を囲んでいる事情と、鉄瓶長屋での出来事にあてはめてみると、ところてんのようにつるつると喉ごしがいいようにも思われた。

ひょっとすると、これが真相なのかもしれない――少なくとも、その一部ではありそうだと思われた。

それで平四郎は、だいぶヤル気が失せてしまった。

面倒は嫌いである。人が泣いたりわめいたりするのを見るのも好きではない。お役目上、しょうことなしに罪人に説教めいたことをする立場に置かれることもあるが、それを面白いと思ったことは一度もない。たいていの場合、なんだかんだ言ってもやっちまったことはしょうがねえし、やっちまったにはやっちまっただけの理由があるもんだというふうに、平四郎は考えてしまうのである。

以前に〝黒豆〟が、平四郎殿はそれでよろしいと、笑いながら言ったことがある。

――平四郎殿は今まで、こればかりは〝やっちまったもんはしょうがねえ〟では済まされない、というたぐいの悪事にぶつかったことがないのですね。

それは幸せなことです、無理をしてその幸運を捨てることはないとも言った。

平四郎は首をひねる。そうなのだろうか。自分は幸運なのだろうか。それは〝ぼんやり〟ということと、かなりの部分重なる意味を持っているのだろう。別にそれは気にしない。なんでもかんでもよく見えるより、少しばかり目先がかすんでいるくらいの方が、渡りやすいのが世間という橋である。

平四郎が事件にぶつかり、「やっちまったもんはしょうがねえ」と思うのは、罪人の申し状を聞いたり、事の成り行きがよくわかってきたりすると、たいていの場合、「俺だって同じ立場に置かれたら同じことをやるよなあ」と考えてしまうからなのである。怠け者だが金が欲しいと思えば、手っ取り早く稼ぐためには他人を傷つけることだってあるだろう。さんざん虐められ苦しめられていたら、いよいよ我慢できなくなって逆襲するときには、少しばかり力が入りすぎてしまったってしょうがない。日頃からそりの合わないのを辛抱して一緒に働いていて、何かのきっかけにとうとう辛抱が切れ、喧嘩になったら勢い余って殺してしまったというのも、並の人間ならありそうな話だ。

そのでんで行くと、どうやら「鉄瓶長屋で起こっているらしい事」の根っこにある「湊屋の隠している事」というのも、平四郎には充分に理解可能なことだった。あくまでも、もしもこの想像があたっているならば――の話ではあるが、平四郎は、すべての事どもの基盤になっている事件を起こした湊屋の人物の気持ちも、よく理解できるような気がするのである。

——ま、無理もねえってなくらいかな。

と、平四郎は鼻毛を抜く。

——ただ、八百富の倅の太助だけは、ちっと貧乏くじだったかな。

もっともそれも、彼がどんな役回りの人間だったかということによって、話が違ってくることなのだが。

「叔父上」と、廊下の方で声がした。「おじゃましてもようございますか」

平四郎はそちらに背中を向けたまま言った。

「なあ弓之助、生きていても役に立たない人間の数と、死んじまった方が世の中のためだという人間の数と、どっちが多いと思う？」

弓之助はからりと唐紙を開けて、あっけらかんと答えた。

「それは、この世に幸せな人と不幸な人のどちらが数多くいるか？　というのと同じくらい、難しいお訊ねです」

「違えねえ」と、平四郎は庭の方を向いて笑った。

「叔母上はお出かけだと、小平次さんが教えてくれました」

「うん、ガキどもに読み書きを教えに出かけた」平四郎は無精を決め込んで、まだだらしなく文机にもたれている。

「叔父上」弓之助がちょっと声をひそめた。

「小平次さんは、妙にわたくしに優しくなりました」

「へえ、良かったじゃねえか」

「叔父上から何か、おとりなしいただいたのでしょうか」

「俺は何もしやしねえよ」

「でも……」

「小平次がおめえに親切になったのは、そりゃあいつがおめえの弱みを握ったからだ。だいたい人間てのはそういうもんだ。だけど」

平四郎は自分で言っておいて自分で考えた。

「それでゆくと、なんだ、誰にでも優しい人間ってのは、油断ならねえ恐ろしい人間だってことになるなあ。そう思わねえかい？」

しかし弓之助は、自分のことで頭がいっぱいのようである。

「わたくしの弱み――」と、呟く。

平四郎はけろりと言った。「おねしょするだろう、おめえは」

しいんとした。一拍おいて、弓之助がかしこまった声を出した。

「こんなことまで覚えなくていいですよ、おでこさん」

平四郎は振り返った。弓之助に並んで、おでこがちんまりと座っている。

弓之助は顔を赤くしていた。おまけに、今日はまた、先日とは反対の目のまわりに見事な青痣をこしらえている。

「政五郎親分にお使いを命じられて来たそうです」

おでこはきちきちと畳に両手をついた。

「ごきげんよろしゅうござんす」

「政五郎親分は、八百富のお露さんが、意外な人と会っていることを突き止めたそうですよ」弓之助は赤面のまま、むきになって真面目に言った。

「どら、あててみようか」平四郎は二人に言った。「俺があてたら、おまえら二人がひとっ走り通りまで駆けて行ってところてんを買ってくる。もちろん、払いもおめえたちだ」

ちょうど「つるつるの涼しいところてーん」という振り売りの声が聞こえてきたところだった。子供たちは顔を見合わせた。

「俺があてられなかったら、俺のおごりで、みんなで角の三好屋に出かけて、あの店のかみさんが上方で覚えてきたとかいう評判の、葛きりって菓子を食ってみる。どうだい？」

「よろしゅうございます」弓之助はまだ真面目な顔である。「お露さんは誰と会っていたと思われます？」

平四郎はすぐに答えた。「湊屋の苦み走った番頭だ」

「いいえ」ニコリともせずに、弓之助は言った。「元の差配人の久兵衛さんですよ」

「わぁい、葛きりでござんす」と、おでこが喜んだ。


これまでに二度、お露は久兵衛に会っているという。一度目は三日前、二度目はつい昨日の午過ぎのことだった。

「お露さんは家移り以来、近所の一人所帯の男のところや、小商いをしていて忙しい家の家事を何軒も何軒も引き受けて、それでおあしを稼いでいます。あの人は気働きのある人なので、下手な女中奉公などよりも、良い金をもらっているようでござんす」

すっかり葛きりを平らげて、器の底の黒蜜もきれいさっぱり舐めてしまってから、おでこは話し出した。

「富平さんは一時だいぶ案配がよくなりましたが、あれはいわゆる〝なかなおり〟だったんでござんしょう。それに加えて暑さのせいもあって、この夏のあいだにまたひどく弱りました。それでお露さんも目を離すことができないようでござんすね」

三人は通りに背を向け、堀割に面した長い腰掛けに並んで座っていた。平四郎は着流しのままだったので、道を通る人びとの目には、どういう組み合わせかよくわからないがのんびりした子供連れに見えることだろう。

「弱ったというのは、命も危ないってことかい？」

「永くはないだろうというのが、同じ長屋の人たちの噂でござんす」

二日に一度ぐらいの割合で、お露は日本橋の先にある薬種問屋まで、医者に指定された薬を買いに行く。どうやら久兵衛とは、その機会に待ち合わせていたらしい。二度とも、ちょうど今平四郎たちがしているのと同じように、甘味屋の店先で並んで座って茶を飲むあいだ短い話を交わしただけで、お露は急いで富平の待つ猿江町の長屋に戻ってきた。久兵衛は馬喰町の方へ歩いて去ったという。

「久兵衛は旅支度だったかい？」

馬喰町には、行商人たちのための小さな旅籠や木賃宿が多い。

おでこはゆらゆらかぶりを振った。「渋い縞の単衣に、雪駄履き」

「宿で着替えてきたのかもしれませんが」と、弓之助が口をはさんだ。「だって、久兵衛さんがずっと江戸にいるとは考えにくいでしょう。いつ誰に出くわすとも限りません」

現に以前、鉄瓶長屋近くの堀割を、舟で通り過ぎてゆくところを見られている。その日は雨だったから、笠で顔を隠し蓑を着込んでいたのだが、それでも彼を知っている者の目にはわかったのだ。

「近在に隠れているのかもしれねえな。どっちにしろ、きちんとしたなりをしていたことでもあるし、金には困ってないんだろう」

「お露さんに、何か包んだものを渡していたそうでござんす」

「二度ともか？」

「はい。でも二度目のときは、包みが大きかったので」

「すると最初のがお金、二度目のは何か食べ物とか着物のたぐいでしょう」弓之助はきっぱりと言った。「久兵衛さんも、富平さんとお露さんの暮らしぶりを心配しているのですね、きっと」

「差配人骨になっても差配人」と、平四郎は詠んだ。

「叔父上、久兵衛さんは元気でピンピンしているのですから、〝骨の髄まで〟ですよ」

そして弓之助は平四郎を見あげて訊いた。

「久兵衛さんが現れたというのに、叔父上は、あまり驚いておられませんね」

「おまえだって驚いてねえじゃねえか」

おでこがそわそわした。黒目がふたつとも上の方を向いている。何か〝巻き戻して〟いるらしい。平四郎と弓之助は、それを興味深く見守りながら待った。

おでこの黒目が元の位置に戻った。「政五郎親分の知り合いで、築地の方でならしている岡っ引きが、二十年前、まだ築地の湊屋で番頭として働いていたころの久兵衛さんに会ったことがあるそうでござんす」

その岡っ引きが若いころ、もっぱら俵物ばかりを狙う泥棒一味を追いかけていて、その聞き込みで湊屋に――ということだったそうである。

「久兵衛が湊屋にいた？　『勝元』じゃなく？」

平四郎はぼさぼさの眉毛を上げた。

「そのころっていうと、おふじが総右衛門の嫁に来て一年ばかり経っていて——」

弓之助が割り込む。「そうか、まだ『勝元』はできていなかったので、久兵衛さんも湊屋本店にいたわけですよ」

「例の葵が六歳の佐吉の手を引いて総右衛門を頼って転がり込んできた時期でもあるぞ」

「はいな」おでこはこっくりとうなずいた。

「ちなみに『勝元』ができたのは、その二年後のことでござんすね。久兵衛さんは湊屋総右衛門に命じられて、『勝元』の番頭におさまりましたんでござんすよ」

平四郎は引き算をした。「八年ばかりそこにいて、提灯屋がつぶれた後にできた鉄瓶長屋の差配人になった、それが十年前——という順番か」

「久兵衛さんの人生行路については、今まであまり考えてきませんでしたね」

弓之助が生意気にも腕組みをして呟いた。外で見ると、目のまわりの青痣がいっそう鮮やかである。

「そのころは確か、湊屋が築地に今の店を張ったばかりのころですよね？　それ以前は、久兵衛さんはどこにいたんでしょう」

「当時聞いた話では、やはり築地の回船問屋で働いていたそうでござんす。ところがそこは身代が傾いてつぶれてしまいまして、久兵衛さんは奉公先を失って、当時でもう五十近い歳でございますから、窮(きゅう)してしまいまして、そこを湊屋に拾われたということでした。ですから湊屋総右衛門にはたいへんに感謝しているというわけでござんすね」

「久兵衛は一度も所帯を持ったことがないんだな?」

「ございませんでござんす」

奉公一途のお店者(たなもの)には珍しいことではない。彼らにとってはお店が家であり、家族である。平四郎はふと、主人のお下がりの女をもらって、やっと妻子を持つことのできた成美屋の善治郎の顔を思い出した。

「その政五郎の知り合いは、当時、葵やおふじには会ったのかな?」

おでこは申し訳なさそうに大きな頭をうつむけた。「会いませんでしたそうでござんす」

「まあ、しょうがねえやな。盗人(ぬすっと)を追っていたんじゃ、奥向きのことまでは調べねえ」

「はい。湊屋がその賊に狙われてどうこうということではなかったそうでござんすから。あくまで聞き込みの途中で寄ったということで……」

それでも生真面目な久兵衛は、政五郎の知り合いの岡っ引きに、賊に狙われないようにするにはどんなことに気をつけたらよいのか、おかしなことを聞き込んだり見たりしたらどこへ知らせればよいのかなどと熱心に尋ね、自然、二人はいろいろ話をすることにもなったのだそうである。

「ふうん」平四郎は顎をなでた。黒蜜がくっついていたらしく、ちょっとべたべたする。

「それにしても、岡っ引き連中ってのは、いろんなことを知ってるもんだな」

「お江戸を囲む〝岡っ引きの輪〟ですね」と、弓之助が真顔で注釈した。

「これからどうしましょうかと、政五郎親分がお訊ねでござんす」おでこが首をかしげた。

「久兵衛さんを尾けて、今の住まいを突き止めましょうか」

平四郎は長く考えずに、「――いや、それはいいかな。放っておいても、やっこさんは頻繁にお露に会いに来るんだろ？　お露がやっこさんの住まいを知ってるということもあるし」

それよりもと、おでこの顔を見た。目をぱちぱちと見開いて、言われたことを覚える用意は万端である。

平四郎は、ちょっとつてをたどって、例の提灯屋と八百富の素性を探らせていることを説明した。

「だから政五郎には、提灯屋の評判や、富平たちの暮らしぶりや、連中が昔何か事件に関わったことがなかったかとか、そのへんのところを調べてもらいてえんだ。うんと細かい、つまらねえことでもいいんだ。頼めるかい？」

おでこはおじぎした。「かしこまりました。あい、伝えます」

平四郎は立ち上がった。弓之助がするりと腰掛けからおりる。

「叔父上、どちらへ？」
「ま、鉄瓶長屋に行ってみるか」

ぶらぶらと歩き始めてみると、空がぐっと高くなっていることに気がついた。なるほど、もう秋が夏のお天道様のうしろから顔をのぞかせているのだ。刷毛（はけ）ではいたような雲を見上げると、平四郎は、いつにもましておおらかな気分になってしまった。

しかし、弓之助は何やら難儀している。いつもなら、ちょこまかと平四郎にくっついてくるのに、今日はなぜか遅れがちだ。どうやら足を痛めているらしい。

「なんだ、怪我をしたのかい？　さっき葛きりを食いにいくときには大丈夫だったじゃねえか」

弓之助は恥ずかしそうな顔をした。「長く歩くと辛くなってくるのです。申し訳ありません」

「それも、やっとうの先生のお仕置きかい？」
「お稽古です。鍛錬です」

何だか知らないが、子供をポカスカやるのは平四郎の好むところではない。

「おい、おぶってやろうか」

弓之助はぴょんと後じさりした。「とんでもない！　叔父上におぶさるなどというご無礼はできません」

　平四郎はちょっと顎をひねり、理屈をひねりだした。「おめえがそのまま足を引きずって俺にくっついてくるとするわな。するとそれを見かけた通りがかりの連中は、最初は、ああ井筒の旦那は何か悪さした子供を連れていなさるのかなと思う。そして、旦那にひっくくられるような悪さをした子供はどんな顔をしてるのかなってんで、じっとこっちを見るわな。すると、おめえはそんな美形で害のなさそうな顔をして、しかも目のまわりには派手な青痣だ。連中はいっぺんで同情するわな。そいでもってアラ嫌だよ、井筒の旦那は見かけによらず薄情な人だ、何をしたんだか知らないけど罪のなさそうな子供を痛い目にあわせて、傷の手当もしてやらずに引っくくって行くんだね、もうあんな旦那に肩入れはよしだよ、なんてことになって、結局俺は損をするわけだわな」

　弓之助は「はあ」とため息をついた。「おぶっていただいた方が気が楽になるようです」

　弓之助は意外に軽かった。といっても、平四郎はこのぐらいの歳の子供をおぶった経験などほかにはないので、いい加減な感想なのだが。

「長屋の近くに行ったらおろしてください。お徳さんが心配します」

「それじゃ、お徳の煮売屋をよけて行こう。どのみち、俺も今日は黒羽織抜きだからな、お役目じゃねえ。こいつは散歩だ」

「叔父上は誰に会うおつもりなのですか？」

「なぁに、もういっぺん八百富の空き家へ行ってみるかなと思ってよ」

弓之助がちょっと緊張したのが、背中で感じられた。「なぜでございますか？」

「おめえが謎かけしたことについて、俺もちっと考えてみたからさ」平四郎はあははと笑った。「真っ昼間なら、幽霊も出るまい」

弓之助は小さな声で言った。「でも、恐ろしいですね」

「死んだ人間は、何も悪さなんぞしねえよ」

堀割の脇を通って、直に長屋の井戸のそばに出てみると、桶職の権吉がぽつりと一人、井戸端に座りこんで洗い物をしていた。洗い桶の中身は自分の着物や下帯ばかりのようである。

長屋暮らしに厳しい決まりはないが、「相身互いの助け合い」という不文律はある。権吉は表向き、娘のお律に去られて一人暮らしということになっていたわけで、こういう場合、長屋のかみさんたちが寄ってたかって彼の世話をやいてやるのが通例である。しかし、お律に対する彼の仕打ちは、長屋の女たちをよっぽどひどく怒らせたのだろう。そしてその怒りは持続中なのだ。そうでなければ、彼が自分の下帯なんぞを洗っているわけはない。

「よう、えらい溜め込みようだな」

平四郎が声をかけると、権吉は驚いて半分腰を浮かした。平四郎の背中の弓之助に気がつくと、さらに驚いたようだった。

「旦那……見廻りですかね。その坊ちゃんは？」

「俺の甥だ。今まで顔を合わせたことはなかったな。桶職人の権吉だ。お律の親父だよ」

弓之助は平四郎の頭の脇から顔をのぞかせて、彼の側からすれば「今さら」という感じながらも、律儀に挨拶した。

権吉は着物の前を洗い物の水でびしょびしょにしたまま、両手をだらりと垂らして突っ立っていたが、見る見るうちにその両目に涙が溢れてきた。

「旦那ぁ……」と、いきなり泣き出した。

「おいおい、何だよ権吉」

ぼろぼろと涙をこぼしながら、権吉は天を仰いだ。「旦那、俺も倅がほしかったよぉ」

「弓之助は俺の倅じゃねえよ」

権吉はそんな説明など聞いていないのだった。娘なんざ役立たずだぁと、おいおい泣きながら恨み言を並べ始めた。

「お律の奴め、親父の俺をほったらかして、どっかへ行ってしまったんだ。もう五日は経っていうのに、勝手にいなくなって、何も知らせて寄越さねえんだ。俺を捨てていっちまったんだよ、旦那。娘なんて薄情だ、男ができやがったらそっちに夢中なんだよぉ。親孝行しようなんて、考えてもいやしねえんだよぉ」

平四郎は肩越しに弓之助に囁いた。「面白いものを見るなあ」

弓之助は怒っている。「これが、博打でこしらえた借金のかたに娘を売り飛ばそうとした人の吐く台詞ですか？」

「おまえは男で良かったな。万にひとつ河合屋が身代ひっくり返っても、女郎に売られる気遣いだけはねえ」

「叔父上！」

平四郎は片手で権吉の首っ玉をつかむと、彼の住まいへと引きずって行った。

ごみ溜めのような有様の家のなかで、平四郎はひとしきり、泣きじゃくる権吉の相手をしてやった。弓之助は最初からあからさまに鼻をつまんで苦い顔をしている。

どうやら、お律は瀬戸物町を逃げ出した後、ずっと権吉と連絡を絶っているようである。気の優しい娘のことだから、本当に父親を見捨てたわけではあるまい。おそらくは、今、彼女の世話を焼いている湊屋の渋い男前の番頭に、しばらくのあいだは父親と会わないようにと言い含められているのだ。当然、平四郎たちの動きを警戒しての処置だろう。

酔っぱらいの繰り言とまったく同じで、泣いて愚痴る人間の言うことは、ある場所でぐるぐると回り始める。権吉が糸車のように同じ泣き言を繰り返し始めたところで、平四郎は割って入った。

「ところでな、権吉。おまえお律に男がいるって言ってるが、それは本当かい？」

「本当ですよ、旦那」権吉は鼻水をすすりながらうなずいた。「あいつがそう言って、あっしに引き合わせたんだからね」

「ほう、どこで？」

「瀬戸物町のね、お律の住まいで。あっちに奉公先ができたもんで」

平四郎はにやにやして弓之助の顔を見た。権吉は怒りと傷心のあまり、表向きは、お律は家出したっきり父親の元には戻っていないし、消息も知らせてきていないということになっているのを、けろりと忘れてしまっている。内緒にしておくべきことをペラペラしゃべってしまっているということにも、まったく気がついていない。

弓之助は不機嫌で、警戒するような目つきでささくれだった畳を睨んでいる。「叔父上、虫が座敷のなかを走り回っています」

「そのへんの日陰を探してみろ。キノコが生えてるかもしれねえぞ」平四郎は言って、懐紙を出して権吉に差し出した。「まあ、洟をかみなよ。お律の男ってのは、どんな野郎だ？」

「お店者でさ」権吉は耳障りな音をたてて洟をかんだ。弓之助が身を引いた。

「様子のいい男かい？」

「そりゃもう、金持ってますし」

「奉公先はどこかい？」

「さあ……」権吉はやっと、少しばかり頭を使って思い出そうとするような表情を浮かべた。だが、すぐに首を振る。「知らねえです。そういやぁ、聞いたことなかったな」

弓之助が辛辣に口を尖らす。「娘が金回りの良さそうな男をつかまえて自分の面倒をみてくれるならば、その男の素性などどうでもいいというわけですね？」

「まあ、そう尖るな」

権吉がやっと、泣きはらした目で弓之助の方を見た。「坊ちゃんは何を怒ってるんですかい？」

平四郎は遮るように身を乗り出した。「その男、お律に優しくしてるようだったかい？」

権吉は顎のあたりをぎゅうと歪めた。「そりゃ優しいですよ。だからお律はすっかりいかれちまって、親父のことなんざ忘れちまってるんだからね」

「まだ、たかだか五日ぐらいだろう。お律だって忙しいんだろうから、しょうがねえじゃねえか。まだおめえが見捨てられたと決まったわけじゃねえ」

「ふん、どうだかね。女なんざあてにならないですよ」

弓之助が汚らしい万年床をめくって、その下に本当にキノコが生えているのを発見し、目を丸くしている。平四郎は続けた。「権吉、おまえが博打に手を出したのは、いったい誰に誘われたからだ？」

権吉は急に小さくなった。「今さら、なんでそんなことをお訊ねになるんですよ、旦那」

「なあに、おまえを博打に誘い込んだ連中は、最初からお律に目をつけていて、お律を手に入れるために、おまえをはめたんじゃねえかと思うからよ。なにしろ器量よしだからな」

「そうですかい？」権吉は座り直した。「お律はそんなにいい女ですかね？」

「ああ、そう思うよ」

「そんなら、もっと早くに稼ぎのいいところにやっておいた方がよかったなあ。娘も、金になるのは若いうちだけだからねえ、旦那」

権吉は本気で後悔しているようである。弓之助が、しんばり棒でも持ってきて殴りかかると困るので、平四郎は片手で彼の着物の裾を押さえた。弓之助は犬のようにがるると唸った。

「うるさいから歯嚙みするんじゃねえ」と、小声で叱っておいて、「どうだい権吉、誰に博打に誘い込まれたのか、思い出せないか」

権吉はしばらくあれこれぶつぶつ言っていたが、結局、渡り職人仲間の若い男だったかなあ、そば屋で隣合わせたいかつい顔の中間(ちゅうげん)だったかなぁということぐらいしか思い出せなかった。

まあ、仕方ねえなと平四郎も思った。権吉を誘い込んだのが湊屋の誰それだと、すぐに顔と名前が一致するようなお気楽なことがあるわけはない。先方だって、仕掛けるにはそれなりに人を選んで使ったろうから。

「おまえは若いころから博打が好きだったんだな。かみさんも、それでずいぶん苦労したんだろう」

まだ唸っている弓之助の手前、少しは説教臭いことも言っておかないとまずい。平四郎はそのつもりで切り出した。

権吉は悪びれた様子もなく、むしろでへへと笑い崩れた。「でもねえ旦那、当たればでっかいからね。女房だって、良い思いもしたんですよ。俺だって若いころは元気だったからね、八王子あたりまで博打しに出かけていったりしたんだ。宿代出したって、おつりどころか儲けがうんとあったことがあってさ」

八王子には賭場が多い。物見遊山や神仏詣でで江戸から人が押しかける土地だし、なんと言っても奉行所の管轄である朱引きの外に出てしまうので、締め付けや取り締まりも市中よりは格段に緩くなるからだ。

「そういえば——」昔を懐かしむような目をしていた権吉が、ぽんと手を打った。「旦那、ほら先の差配さんに遺恨があったとかでさ、結局、八百富の太助をやっちまった野郎——なんて言ったっけな」

「昔、『勝元』の板場で働いていた正次郎っていう男だろう?」

「ああ、そうそうその正次郎。あっしはね、そいつに八王子の賭場で会った」

「なんだって?」

平四郎も驚いたが、弓之助はまさに仰天したらしい。唸るのもやめた。

「いつのことだ？」

「ですから最近ですよ。あっしがね、借金こしらえてお律を――」

「なんだおまえ、八王子まで出張っていたのは、若いころだけの話じゃなかったのか？」

権吉は首を縮めた。「だってあっちは本場だからね。それにさ、さっき言ったみたいに昔いい思いをした賭場があるからさ、夢をもう一度ってな具合でね」

「まあいいや。それで？」

「それでって……ただ見かけたってだけだからね」

「なんであなたが正次郎さんの顔を知っていたんです？」

凄い勢いで弓之助に問われて、権吉は目を剝いた。「なんです、この坊ちゃんは」

「気にするな。でも俺も知りたいな。おまえは正次郎の顔を見知ってたのかい？」

権吉は偉そうにうなずいた。「だってほら、一昨年にさ、そいつが久兵衛さんのところに意趣返しにやって来て、そいで太助が助けに行って――いや旦那、こいつは洒落じゃねえよ」

「わかってるよ。ああそうか、あの事件のときに、おまえも正次郎の顔を見たのか」

「見たどころじゃねえよ。あっしだってね、年寄りの冷や水じゃねえけど、あのとき太助に助太刀したんだからさ」

「そうすると、正次郎も権吉さんの顔を覚えていたって不思議はない」弓之助は言った。

「賭場で顔を合わせたとき、あのときはよくも——というようなことにはならなかったんですか？」

権吉は首を振った。「あっちは俺のことなんざ忘れてたんだろうよね」

というより、太助に助太刀したという権吉の言い分は大げさで、実際には、野次馬的にあの事件に関わっただけだったのだろう。だから、権吉の方は正次郎の顔を見覚えていたけれど、正次郎の方は、権吉があの鉄瓶長屋の住人だとは、まったく気づかなかったのだ。

「正次郎はどんな様子だった？」

「小ぎれいでしたよ。博打も小博打でね。だらしねえよね、いい若いもんが。ほんのお楽しみっていう賭け方だったからね」

平四郎は顔をしかめた。「するとなんだ、正次郎は身を持ち崩しちゃいねえのか？」

「八王子で働いてるようでしたよ。飯屋か料理屋じゃねえのかね。そこの仲間と一緒に来てたんだから」

「叔父上」弓之助が唖然（あぜん）として平四郎の袖を引っ張った。「こんな大事なことを、どうしてこの人はもっと早くに言わないのでしょう？」

「大事なことだと、本人は思っちゃいないんだろうよ」

「何が大事なんです、旦那？」

平四郎は権吉の顔を見た。そして言った。

「ところでおまえ、俺と賭をしたことを覚えてるかい？」

「旦那と賭？」

「ああ。佐吉がいい差配人になって落ち着くかどうか賭けたじゃねえか」

権吉の顔が晴れた。「そうか、そうでしたよねえ」

「ありゃ、俺の負けだ。今じゃ店子が出て行く一方で、ここはスカスカだもんな」

権吉は嬉しそうに揉み手する。「魚屋の箕吉たちも、昨日家移りしていきましたよ」

「やっぱりそうか。お徳から聞いていたけどな」

「お徳さんだって、いつまでいるかわからねえよ、旦那」

平四郎は懐から財布を取り出すと、一両小判をつまみ出した。「こいつは俺のへそくりだ」

えへへと、権吉は笑う。

「おまえとは十両賭けたが、いっぺんには払えねえ。だから今日のところは一両――」

「ありがとうございます」

権吉は手を出した。平四郎はそれを無視して立ち上がった。

「一両を、お徳に預けておく。これで権吉の面倒を見てやってくれってな。その方が、おまえだっていいだろ？　ゴミ溜めのなかで寝起きしたり、てめえの下帯を洗ったりしないで済むからな」

「そんな殺生な」

騒ぐ権吉を放っておいて、外に出た。

弓之助は身体が痒い(かゆ)という。平四郎も痒かった。二人でまっしぐらに八丁堀に帰り、そのまま湯に行った。ざあっと浴びてようやく生き返った気分になり、組屋敷の座敷に戻ると、待っていたように弓之助は言いだした。

「一昨年の、正次郎が久兵衛さんを襲ったという事件も、様子が変わってきましたね」

団扇(うちわ)を使いながら、平四郎もうなずいた。

「どうも、裏でつながってると見えるな」

正次郎はなぜ久兵衛を〝恨んで〟いたのか。一昨年の事件があった時点では、

「『勝元』に出入りすることこそあっても、鉄瓶長屋の差配人におさまっていて、立場としては『勝元』とは切れているはずの久兵衛が、湊屋総右衛門の信頼が厚いのをいいことに、『勝元』の板場の連中の働きぶりにまで難癖をつけて、総右衛門に告げ口をした。その結果、正次郎が首になった――それでやっこさんは久兵衛を恨んだ。そういうことになっていた」

「筋は通っています。差配違いのくせに、おしゃべりな親父め、ということですね」

「で、包丁を持って久兵衛を襲った」

事件は表沙汰にはならなかったが、平四郎はこっぴどく正次郎を叱りとばし、二度と久兵衛に近づくなと脅(おど)しつけて彼を追い出した。

「それなのに、半年前、奴はもう一度鉄瓶長屋に舞い戻ってきて、今度は太助を手にかけた――」

「ということになっていますね」弓之助が言った。「表向きは」

平四郎は団扇（うちわ）を放り出した。

「ところがだ、太助を殺して、次は久兵衛だと狙いをつけているはずの正次郎は、八王子でけっこう身持ちもよく暮らしてる、ときたもんだ」

「となると、本当に太助を襲って殺したのは正次郎だったのかという疑問が出てきてしまいます」弓之助は頭をかいた。「まあ、これについては、先（せん）から疑問だったわけですが」

「なあ、弓之助」平四郎は、放り出した団扇を見つめながら呟いた。「人間、どんなことをやるんでも、失敗ってもんはあるわな？」

「は？」

「計画どおりに上手くいかないということはあるってことよ」

弓之助はきちんと正座して、首をかしげた。

「叔父上は何をお考えなのですか？」

「一昨年の、正次郎が久兵衛を襲ったという一件な」

「はい」

「あれも、仕組まれたものだったんじゃないかねえ」

平四郎は腕組みをした。弓之助も同じ格好をした。

「つまりさ、今の今、鉄瓶長屋で起こっていることは、実は、一昨年にも一度試みられてたんじゃねえかって思うのよ」

弓之助は大きく目を見開いた。「ああ、なるほど！」

「だが一昨年は失敗したんだ」平四郎は顔を上げて弓之助を見た。「湊屋一党は、みんなグルだ。もちろん正次郎も、言いつけられて、その通りにしただけだ。連中は相談して、謀って、正次郎に久兵衛を襲わせた。つまり、久兵衛が怖くなって、もう鉄瓶長屋にはいられない、出ていきたいと言い出しても不思議がないように、お膳立てをしたわけだ」

「それには、正次郎は久兵衛を襲い、ほどほどの怪我をさせた上で、首尾良くささささっと逃げなければならなかった——」と、弓之助が後を引き取った。「だけど実際には、太助という予想もしなかった邪魔が入って、正次郎は捕まってしまった」

「そうだ。そして俺も出張って行って、正次郎をベコベコにへこませて追い払った。だから久兵衛は、もう怖くてこの長屋にはいられないという口実を持ち出せなくなってしまった」

そうですそうですと、弓之助は目を輝かせる。

「だから失敗だったと、叔父上はおっしゃるのですね。もしも目論見どおりに運んでいたならば、一昨年の時点で久兵衛さんは去り、穴埋めの差配人が見つからないという口実でもって、佐吉さんが連れてこられ——」

「あんな若僧じゃ頼りないという店子の不満が募ってゆく、という段取りだ」

「壺信心や博打の借金や、もろもろの細工も――まあ、細かい段取りは違っていたかもしれないけど、いろいろ仕掛けられて」

「鉄瓶長屋はやっぱりスカスカになっていただろうさ」

平四郎は頭のなかに、こんな図柄を思い浮かべた――湊屋の落としている長い長い影の上に、鉄瓶長屋とその店子たちがいる――その影の長さときたら途方もないもので、幅もめっぽう広くって、大勢の人間が、気づいていたり気づかぬままだったりしながらも、それを踏んづけて暮らしている。

弓之助は平四郎の投げ捨てた団扇を拾い、バタバタと顔を扇いだ。「こうなると、正次郎が八百富の太助さんを殺したなんて、ますますありそうになくなってきました」

「何も知らない店子たちを除いては、湊屋がらみの全員がグルだと思ってもいいかもしらんな」

「佐吉さんも――ですか？」

平四郎は口を開いてから答に迷った。それはないだろう……佐吉まで俺たちに芝居をうってみせているということはありそうにない。

「おまえはどう思う？」

弓之助は首を振った。「あの人は何も知らないのだろうと思います。少なくとも、わたくしの描いている筋書きでは」

「俺もそう思う」

平四郎はうんとうなずいた。

「ここまでくると、早く提灯屋と八百富の素性を知りたいな」

そこへ、廊下で細君の声がした。ただ今帰りましたという。

「あなた、また書状をお預かりしました」

平四郎は目をしばたたいた。〝黒豆〟からのものに決まっているが、いくらなんでも平四郎の遣った書状への返書にしては早すぎる。きっと、〝黒豆〟が独自に何かつかんで、知らせて寄越した分だろう。

「そのうちおめえにも会ってもらうことになる、俺の古い知り合いからの書状だ」

平四郎は、弓之助に笑いかけた。

「政五郎たちとはまたちっと違う、探索上手でな」

書状はやはり〝黒豆〟からだった。そこには、驚き続きの本日のおまけのように、もうひとつ、意外な事実が記されていた。

# 十

さほど長くはないが、いつもながら〝黒豆〟のクセのある字がびっしりと並んだ書状だった。読みながら、平四郎が「ほう」とか「おう」とか言うものだから、弓之助はそわそわして、のぞき込みたくなるのをじっと我慢している。

「何と書いてあるのでございますか？」

首を伸ばして尋ねる。平四郎は返事をせずに、書状を最後まで巻き取って読み終えると、気をもたせるように一人で笑った。

「新しい発見があったのでございますか？」

弓之助は息を呑む。平四郎は筒に丸めた書状を片手で持って、なおも笑いながらその筒で弓之助のおでこをぽんと打った。

「湊屋のおふじは――」

弓之助が身を乗り出す。「お内儀のおふじは？」

「えらく信心に凝った時期があったそうだぞ」

弓之助が目をぱっと見開いた。「え？　やっぱり？」

「神仏参りはもちろんだが、評判の高い拝み屋や巫女と聞くと、何でもかんでも家のなかに入れて有り難がっていた時期があるそうだ」

弓之助はうんうんとうなずいて、青痣のあたりをさすって考えた。「いつごろのことなのでしょう」

「最初は五、六年前だったそうだ。何でも唐渡りの算木を使った占い師に凝ったそうでな。二年ばかり、この占い師は半ば湊屋の客分扱いで住み込んでいたらしい」

「五、六年前……」弓之助が呟いた。「やっぱり……そうですか」

「うん。だが、そのうちにおふじはこの占い師と仲違いをして——どうやら、占い師が湊屋の女中にちょっかいを出したのがまずかったらしくてな——追い出してしまう。もともと、総右衛門は得体の知れない占い師を家のなかにのさばらせておくのに反対で、ずいぶん揉めたらしい。おふじも懲りたのか、それからしばらくのあいだは、厄落としに霊験あらたかだと言われる神社を、あっちこっち渡り歩いたそうだ。その分なら、家のなかに厄介を持ち込む気遣いはねえからな、ま、総右衛門も放っておいたわけだな」

ところが、今から二年ほど前、おふじはまた、強い神通力を持つという巫女に巡り合ってしまう。

「巡り合うというか、まあ、おふじがそういう輩にとってはネギを背負った鴨だったろうからな。自然、寄ってきちまったんだろうな」

「叔母上から、叔父上は信心をなさらない方だとお伺いしておりましたが」弓之助はややあらたまった口調で訊いた。「それは神仏を尊ばないということでしょうか。それとも、神仏を奉じる者たちを、おしなべて信用しないということでしょうか」

「妙に難しいことを訊くじゃねえか」

平四郎は答を考える時を稼ぐために、鼻の下をうんと伸ばして、ごしごしこすった。

「どっちだか、俺にもよくわからねえな。そういうお前はどうなんだい？」

弓之助はすぐに答えた。「わたくしは神仏を尊びます」

「そういやあ、お前の親父もおふくろさんも信心深いもんな。ま、商人はみんなそうか」

「叔父上は、商人はどうして信心深いのかと思われますか？」

「どうしてって……大黒様を拝むじゃねえか。商売の神様だろ？」

これでは、今の問いへの答にはなっていない。平四郎は、弓之助の顔をのぞきこんだ。

「俺にはよくわからねえなあ」

「河合屋に、祖父の代から奉公している大番頭がおります」と、弓之助は言った。「その大番頭が教えてくれたことで、ですからこれは私の意見ではありませんが」

「だからって遠慮するな。お前がお前の意見でないことを言うのは珍しいからな」

弓之助は急に赤面した。「それはつまり――私は生意気でしょうか？」

平四郎はそんなことをあてこすったつもりはまったくなかったので、笑ってしまった。

「うーん、お前は頭がいい分、物事を考えすぎるんだな。いんや、俺はお前を生意気だと思ったことはねえよ。変わった子供だと思うことはあるがな。で、なんだ、大番頭は何と言った？」

商人が神仏を尊び、その力に頼るのは、しょせん商いには、人力ではどうしようもないところがあるからだ——と言ったという。

「人力ではどうしようもねえ……」平四郎は首をひねった。「しかし、商いは人間のやることだろ？　だから目端のきく奴や、商才のある奴が大儲けをして偉くなるんだ。神も仏も関わりねえよ。違うかい？」

弓之助はにっこりした。「でも、作物や俵物の値段は、その年の天候の具合や海の様子でがらりと変わることがあります。火事や大水のおかげで普請が増えて儲かる材木屋もあれば、同じ火事や洪水で店を焼かれたり筏を流されたりして大損を出す材木屋もあります。大儲けと大損を分けるのは、所詮は運。人の力ではどうしようもない、神仏の司るところです。だから商人は神仏を大事にするのです」

「拝んで尊んで、それが本当に神仏に通じるならなあ」平四郎はまったく敬虔でない証に、鼻毛を抜きながら言った。「しかし神さんも仏さんも、みんなの願いをかなえることはできんだろ。河内屋も大繁盛近江屋も大繁盛みんな大繁盛というわけにはいかんだろうがさ」

「そうですね。でも、それでいいんです」

「熱心に拝んでるのに、それが通じなくてもいいってのかい？」

「はい。心の拠り所になれば良いのです。上手くいったときには神仏のおかげさまとする。まずくいったときには神仏の奉じ方が足りなかったとする。そうしておけば、どうしようもない幸も不幸も、運も不運も、取り扱いようが決まるというわけでございますから」

「世渡りしやすくなる、ということかい？」

弓之助ははいとうなずいた。「湊屋は船を持つ俵物問屋ですから、きっと金比羅さまを奉じていることでしょう。お店の皆が信心深くても、ちっとも不思議はありません。それだけに、おふじの信心好きも、なかなか止めにくいものがあったでしょう。ただ問題は、おふじがそういう拝み屋や巫女を家に入れて、いったい何を拝んでもらっていたのか、何を祓ってもらおうとしていたのかということです」

そうなのだ。そもそもなんでこんな話をしているのか。〝黒豆〟の書状に目を落として、平四郎は思い出した。

「ここにはこう書いてあるぞ――これについてはあまり詳しいことがわからない――ただ、娘のみすずに関わりのあることらしい」

弓之助の瞳が明るくなった。「はあ、やっぱりそうですか。なるほど」

「さっきから一人で納得するなよ。俺にはわからん。みすずは大病をしたり、身体が弱かったりしたのかなあ」

弓之助はまた目のまわりの痣をさすりながら、「叔父上、顔でございますよ、顔」と、謎のような言い方をした。「みすずさんが誰かに似ているという——」

今度は平四郎が目をしばしばさせる番だった。〝黒豆〟に手紙を書きながら考えていたことを思い出し、みすずのあの整った顔を頭に思い浮かべ、そして今の弓之助の話とつなげてみると、確かに、ある形が見えてくるようだ。しかしそれは、なるほど、神仏を奉じず信心をする心を欠いている平四郎が一人で考えていては、百年経っても描けそうもない形だった。

〝黒豆〟は、そのへんのこともちゃんと考えに入れた上で、この書状を書いて知らせてきたのだろうかと平四郎は思った。弓之助には言わなかったが、手紙の冒頭には、井筒家の跡取りになるかもしれぬ門前の小僧殿は健勝かと、わざわざ書いてあるのだった。

平四郎はもう一度書状に目を落とした。

「〝黒豆〟は、一時おふじがひいきにしていた巫女を一人見つけたそうだ」

ふぶきという変わった名前のその巫女は、今は小伝馬町の女牢につながれているという。竈祓いを頼まれて入った家で金を盗み、その場を押さえられたものであるらしい。この盗みに限らず、叩けばこちらが咳き込んでしまいそうなほど埃の出る女だという。

「この巫女に会ってみれば、当て推量を続けるまでもねえ、おふじがどんなことを頼んでいたのか、詳しくわかるだろう」

「小伝馬町に会いに行かれるのですか？」

「もちろん行く。渡りがついたらすぐに行く」

「それは大変だ」

「他人事のようなことを言うんじゃねえよ。お前も一緒に行くんだ。なあに、悪さをしてなけりゃ、ちっとも怖いところじゃねえから安心しな」

それでもいささかどぎまぎしている弓之助に、平四郎は笑いかけた。「手紙の終わりに、面白いことが書いてあるんだ。〝黒豆〟としても、これが大事なことだとは思わなかったんだろうし、俺もこれはそんなに目くじら立てて調べるほどのことじゃねえと思うが」

そう言われて、弓之助はかえって興味を惹かれたようだ。「何ですか?」

平四郎は、佐吉が官九郎を使って王子の茶屋のおみつという少女と手紙のやりとりをしていること、そのおみつもまた湊屋総右衛門の数多い外腹の娘の一人であることを説明した。

「おみつの生みの母親はもう亡くなってる。この茶屋ってのは、おみつの伯父夫婦の家なんだ」

「引き取られているのですね」

「そうだ。で、この伯父夫婦には娘が一人いる。おみつから見たら従姉だな。お恵という名で、ちょうど二十歳だそうだが、十五の歳から江戸の武家屋敷に奉公に出てる。行儀見習いで三年年期の約束だったんだが、先様の奥方がえらくお恵を気に入ってな。居続けになってたんだが、それも次の出替わりでようやくお暇をいただけることになったそうだ」

このお恵と、佐吉の二人に所帯を持たせようという話が持ち上がっているというのである。

「〝黒豆〟がこの話をどこから聞き込んできたのか知らねえが――なにしろ、こいつは探索がお役目だからな、あの手この手を使うんだろう、ただこの縁談には、湊屋総右衛門も乗り気だっていうんだな。実際、半月ばかり前に総右衛門がじきじきに王子の茶屋を訪ねて、手配を決めてるというんだから本物だろうな」

「本人同士はどうなのでしょうか」弓之助が心配そうに呟いた。「それと、みすずさんの気持ちはどうなるでしょう……」

「総右衛門としちゃ、みすずの佐吉への妙な思いこみを取り去るためにも、早く佐吉に別の女と所帯を持たせたいんだろうな」

平四郎は腕組みをして、暗い顔をつくって上目遣いに弓之助をうかがった。

「それに……もしも俺たちの考えていることがあたっているとしたら……まあ、あたってるに違いなかろうがよ……佐吉とみすずを添わせるなんざ、かえって酷じゃねえか？」

弓之助はぶるぶるした。「叔父上、その怖いお顔はやめてください。眠れなくなってしまいます」

「おねしょが治っていいかもしれねえぞ」と、脅すような声を出しながら、平四郎はもっと怖い顔をした。

「さ、さ、さ」弓之助は逃げ出しながら言った。「佐吉さんの幸せのことも、少しは考えてるんでしょうかね、湊屋さんは。それでは叔父上、私は明日またお伺いいたします！」

どたどたと逃げてゆく弓之助の足音を聞きながら、平四郎は面白がって笑った。笑い声を聞きつけて、小平次が様子を見にやって来たので、尾ひれをくっつけて弓之助の恐がりぶりを語ってやり、またひとしきり一緒になって笑った。たまにはこうやって小平次の顔も立ててやらないと、弓之助がいろいろやりにくいだろうからな——などと考えて、すっかり彼を養子にとるつもりになっている自分に気がついた。

「なあ小平次」

「はい、なんでしょう」

「子供ってのは、いいもんかい？」

小平次は嬉しそうにうなずいた。「良いものでございますよ」

「たくさんいると、大変だぁな」

「はい、大変ですが、それでも良いものです」

「女房とどっちが大事だい？」

小平次は丸い頭をつるりと撫でて、たちまち汗をかき始めた。

「うへえ」と、いつもの合いの手である。「旦那のお尋ねは難しいことばかりです」

平四郎は笑って、いやつまらねえことを訊いたと手を振り、彼を下がらせた。それでもしばらくのあいだ、女房と娘を秤にかけている湊屋総右衛門の渋い顔のことなんぞを頭に思い浮かべて、壁をながめていた。

小伝馬町の牢屋敷は、南北どちらかの奉行所にべったりと所属しているわけではない。囚人たちは、お寺社からも火盗改めからも送り込まれてくるし、牢屋敷を預る牢屋奉行は、代々石出帯刀を名乗る世襲制で、他の者がその座に座ることはない。一種の別世界である。また、小伝馬町の牢屋敷につながれる囚人たちは、過怠牢などの一部の場合を除いては、そこで懲役刑に服しているわけではない。お調べ中で身柄を拘束されているか、大方の吟味を終えてお裁きを待つ立場にある者たちだ。

平四郎は今までに、何度か牢屋敷内での吟味に立ち会ったことがある。ただ幸いなことに、ひどい拷問を目の当たりにしたことは一度もない。平四郎の関わった罪人たちに、それが必要なほど凶悪にしてしぶとい連中が混じっていなかったということもあるし、吟味役人というのは皆その道の達人なので、そこまでしなくても、たいていの場合は口書き（調書）を取ることができるものだ。噂や浮説で恐れられているような、石抱きだの水責めだのの拷問は、実はそうそう行われるものではないのである。

それでも、正直に白状するならば、牢屋敷にはあまりお近づきにはなりたくない。さっきはあんなことを言って弓之助をからかってみたけれど、あれはあくまでも冗談だ。子供が足を踏み入れるところではないし、平四郎だって、鼻歌を歌って弾んで出かけたいような場所ではないのだ。

なぜかと言えば、恐ろしく不衛生なのである。大勢の人間をひとつ所に閉じこめていながら、日当たりは皆無に近く風通しも悪ければ湿気もひどい。病気の巣のようなものだ。お気楽な連中のなかには、女牢などと聞いてよだれを垂らす向きもあるが、平四郎は、どれほどがっついていても、牢屋敷の女囚を転がしたいとは思わない——まず思わない——たぶん思うまい——まあ、その場になってみればわからないが九割方は思わない——よっぽど窮すれば話はまた別だが——とにかく思わないということにしておこう。

——参ったなぁ。

ふぶきという巫女は盗みの咎で捕まったという。余罪があっても同じような程度の盗みだろうし、よほどほかに大きな罪をずるずると引きずっていたというのではない限り、お調べはとっくに終わっている可能性が高い。すると、引っぱり出すには他の口実が必要だ。それにはちくと朋輩たちに頭を下げて頼んだり、ふぶきのお調べをした吟味役人の顔色をうかがったり、普段は使わない気を遣ってニコニコしたりしなければならない。面倒くさい。

それに、もっと切実な問題として、危険でもある。例の仁平の存在があるからだ。岡っ引きの連中は、どうかすると平四郎のような外役の平同心なんぞよりも牢屋敷のなかのことに精通していたりして、ちょっとした動きでもすぐに筒抜けになってしまうことがあるのである。仁平はいっぺんここに押しかけてきたきりで、平四郎を頼み甲斐のない旦那だと見切るとそれきりにしてくれているが、見えないところではきっと執念深く湊屋の周辺を探り廻り続けているに違いなく、その形では平四郎もずっと彼の視界の内に収まっていることに疑いはない。だから、うかうかと細工をしてふぶきを呼び出したりすると、おやあの寝ぼけ旦那は何をやってるんだろうと、かえってやっこさんを刺激することになりかねない。平四郎としては、あの陰険な岡っ引きと再度渡り合うような気苦労は、何としてでも避けたいところだ。

そういう次第で二、三日、平四郎はブラブラと策を練って過ごした。弓之助はいっぺんだけ、いつ牢屋敷に行くのですかと訊いてよこしたが、平四郎がまたあの怖い顔をしてやると、私は佐々木先生のところに調べものに呼ばれていますなどとあわあわ言って、逃げ帰ってしまった。足の痛いのはとれたようだったが、目のまわりにはまた別の痣ができていた。どうにも手荒なやっとうの師匠であるようだ。

珍しく平四郎が思案しているので、小平次が心配してあれこれ言ってきた。期待もせずにこれこれと話してみると、なあんだそれなら早くおっしゃればよろしいのに、などと言う。聞いてみると、牢屋敷の下男に、小平次の幼なじみがいるという。作次という名前で、今でも折節会っては酒を呑むことなどもあるというから驚いた。

「世の中ってのは、上手くできてるねえ」

平四郎が感心すると、小平次はくしゃくしゃな顔をして笑った。

「というよりも旦那、わたしどもの暮らしている世間は狭いんでございますよう」

そしてたいがいのことは、その狭い世間の輪のなかで用が足りるのだ——という。そうでなければ町方役人とその中間を、代々務めてゆく意味がないという。含蓄のある言葉なので、平四郎は思わず小平次の顔を見直した。いつの間にか別人にすり替わっているということはないものかと訝ったのである。

小平次は早速に、その作次に話を通してくれた。なか一日ほどで返事があり、確かにふぶきという巫女を騙った盗人女がお裁きを待っているが、これが気の強い性根の曲がった女で、女牢のなかでも爪弾きにされており、女囚仲間に折檻を受けては生傷が絶えないような様子だという。平四郎はいささかげっそりした。

「それに、囚人たちは、ほかにすることもありませんから無理もないですが、互いに互いを詮索しあうことに長けていて、誰かの身の上に少しでも変わったことが起こると、すぐに嗅ぎつけて騒ぎを起こすそうでございますよ」

「つまりだ、俺のように、ふぶきのやらかした盗みの件とはまるっきり関わりのない同心が、わざわざ呼び出したりすると、後でそのせいでふぶきがまたえらい目に遭わされるかもしれないということかい？」

「はい」小平次は真顔でうなずいた。「とりわけ女囚は妬み嫉みが強いものですから、誰かが良い目を見るのじゃないかと疑うだけで、それはひどい折檻を始めるそうです。旦那は、ふぶきが旦那のお求めの話をきちんとしたら、あれの受けるお裁きについて、なにがしかのお取りなしをなさるおつもりなんでございましょ？」

「俺にそのつもりがなくても、向こうは期待してくるだろうな。そうでなきゃしゃべってもくれんだろうし」

「当然のお話でございますよね。過去にも似たようなことはいくらもございました。ですからそれを感じ取って、ほかの女囚どもが怒るわけでございますな」

「ふぶきは今でも、えらく折檻を受けてるんだろう？　下手をしたら、殺されちまうかもしらんな」平四郎は困った。「いっそ、ふぶきのお裁きが決まるまで待ってみようか。おおかた、敲(たた)きの上で江戸ところ払いぐらいのものだろう。それから話を聞いても――」

小平次が上目遣いになった。「本気でおっしゃっているのでございますか？　あのようなもののお裁きなど、いったいいつ下るかわかりませんのに。二年も三年もかかるやもしれません」

「そうだなあ……」

「作次もいろいろ知恵をしぼってくれましたが、こういう場合は、呼び出したい囚人が病にかかっていることにして、溜(たまり)に移してこっそり面会をするのがいちばんよろしいんじゃないかと申しております」

溜というのは牢屋敷内の病人を収容する病監である。囚人の大半は、多かれ少なかれ健康を損ねているものだから、この口実はつけやすい。実際ふぶきは傷だらけだから、牢屋医師に頼めば何とでも計らってくれると作次は請け合っているという。

「そうだな……それしか手がなさそうだ」

じゃあ作次に段取りを頼んでくれと伝えて、またなか一日で返事が来たが、それはまたさらに平四郎を困惑させるものだった。

「作次が、井筒の旦那は仁平という岡っ引きをご存じかと訊いてきてます」と、小平次は困ったような顔をして言う。「どうしてかと言いましたら、この何年かのあいだに、仁平の奴め、牢屋同心の旦那方にすっかり取り入りまして、いいように牢屋敷に出入りしているというんです。彼奴めは、牢屋敷のいい顔なんでございますよ」

平四郎は驚いたが、よく考えてみれば、仁平ならそこまでやっていても不思議はないかもしれないのだった。牢屋敷というのは、他所ではなかなか聞き集めることのできない話の溜まり場である。上手く使えば大いに役に立つ。とりわけ、仁平のように、罪人を作り出すことが生き甲斐になっている岡っ引きにとっては、牢屋敷で圧殺されかかっている囚人たちから聞き集めた話は、それが中傷であれ本物の告発であれただの噂話であれ、ひとつひとつが宝船だろう。

「牢屋医師は今、年輩の医師と若い医師と、二人が代わる代わるに詰めているそうでございますが、年輩の方のはすっかり仁平に丸め込まれておりまして、ですから仁平にいくらかつかませたり、使い前のある密告をしたりしますと、病気でもないのにその医師の口利きで溜に移してもらえたり、そこで白い飯が食えたりと、いろいろ得があるそうでございますよ」

　平四郎の口のなかに、嫌ぁな味が広がった。そこの縁側に腰掛けていた時の仁平の様子——白目の多い小さな目や、人を小馬鹿にしたように斜めに吊り上がったくちびる——老人のような猫背や、笑うときのぜいぜいいうような声——ひとつひとつを思い出すと、肌が痒くなるようだった。

「やっこさんのつるは、覚悟していた以上にぐるぐるに巻きついてるわけだなあ」

「まったく、たいしたものでございますよ」

　小平次は誉めているような言い方をしたが、顔はげんなりしていた。「ですから作次は、もしも井筒の旦那が仁平と昵懇であれば、事はうんと運びやすくなるようなことを言ってるわけでございまして……。そりゃそうでしょうな」

　平四郎は首を振った。「いかん。かえってまずいことになっちまうわな」

「はあ」小平次もがっかりした。

　せっかく〝黒豆〟がつかんで教えてくれた貴重なネタだが、どうにも活かすことは難しそうだな……と考えながら、平四郎は文机に両肘をついて、ささやかな庭を眺めた。暑さは日々少しずつ和らぎ、日差しももう、真夏の鋭さを失いつつある。平四郎の好きな柿や栗の実る秋が、もうすぐそこまで来ているのだ。鉄瓶長屋のごたごたが始まってから、結構な月日が経ってしまった。

「牢屋医師も、頼りにできるのはその若先生の方だけということか」

平四郎は呟いた。へいまったくと、小平次は言った。

「若先生は、気性がまっすぐでなかなかの人物だそうです。何とか力を貸してもらえればよろしいんですがねえ」

「そうだよな。どっちにしろ、俺がのこのこ牢屋敷に出向くことは御法度になっちまったわけなんだから」

仁平の執念は、湊屋総右衛門を破滅に追い込まない限り、鎮まることはないのだろう。ひょっとすると、牢屋敷に出入りし、役人たちに賄をつかませ、美味しいことを言って老医師を操り、囚人たちを虐め、彼らからたかり取り、あの不潔で暗くてこの世の終わりの国の便所のような場所を見渡しながら、総右衛門をそこへ閉じこめることを考えているのかもしれない。いや、きっとそうなのだろう。

平四郎は湊屋総右衛門に何の借りがあるわけでもないし、肩入れしなければならない理由もない。鉄瓶長屋の一件の根っこのところにある出来事——今、平四郎が推測しているであろう出来事のなかで、彼がどんな役割を果たしたのかはわからないが、どっちに転んでも、それはけっして善行ではない。だから彼には彼にふさわしい罰というのがあるのだろう。

だがしかし、その罰は、平四郎が考える限り、蛇のようなあの仁平の頭のなかでグズグズと煮えたぎっている種類のものとはかけ離れていた。迂闊なことをして、総右衛門が仁平の手のなかに落ちるようなきっかけをつくりたくはなかった。そんなことをしてしまったら、残りの一生、ずっと飯がまずくなりそうだ。

庭の木立のなかで、雀がちゅんちゅんと鳴いた。連中も実りの秋が来て嬉しいのかなと平四郎は思い、そのときふとひらめいた。

「そうか」と、声に出して言った。「官九郎にひと働きしてもらうという手があるか」

佐吉を騙すのは易しい仕事ではなかった。それでなくても平四郎は嘘をつくのが下手くそだ。すぐ顔に出てしまう。

「牢屋敷の囚人のところに文を届ける？」

佐吉はあからさまに訝しそうな顔をした。無理もない。

「今の俺にはちっとばかし、牢屋敷の敷居が高いんだ。手を貸してもらえねえかい？　いやこの場合、羽根を貸してくれと言うべきかね」

お役目のことじゃ、旦那はぺらぺらしゃべれませんものね――と、最終的には承知してくれた佐吉だが、官九郎は人間の子供とは違うので、行き先を言って「さあ、行って来い」とお使いに出すわけにはいかないのだと説明した。

「俺が官九郎を連れて行って場所を教えなくちゃなりません。それも、今まで行ったことのない場所だと、何度か通って教え込まないと覚えないので、ちょっと辛抱が要ります」

作次を通した段取りは進んでいて、数日のうちに牢屋医師の若先生に話が通り、溜の窓がどの窓で、どこに向かって文を届ければいいかはっきりした。平四郎はそれを佐吉に告げ、

「詳しいことは言えないんだが、牢屋敷には岡っ引きの仁平の目が光ってる。官九郎を仕込むには、奴に気づかれないように、夜が更けてから行った方がいい。出歩く口実なら、俺が何とでもつけてやるから」

すると佐吉はおかしそうに笑った。「旦那、官九郎は鳥です。鳥目ですから夜は飛べませんよ。そんなら、朝早くに連れて行くことにします」

佐吉が久しぶりに見せる楽しそうな笑顔だったが、仁平の名を聞いたことで、その後めっきり無口になった。何にせよ平四郎が今やろうとしていることは、湊屋に関わりがあるのではないかと察したのだろう。

あいだに雨に降られたりして、結局、お膳立てを整えるのに十日ばかりかかった。佐吉が官九郎を仕込んでくれているあいだに、平四郎は弓之助を呼んで、牢屋医師の若先生に届ける文の文案を練った。

若先生がふぶきを溜に移し、そこで官九郎が運んだ平四郎からの文を元に、彼女から必要なことを聞き出す。そしてそれを、牢屋敷にいるあいだに平四郎への手紙に書いてくれる。

官九郎は、若先生が泊まりの仕事を終えて帰宅するころ、つまり翌日の朝に再び小伝馬町へ飛んで、若先生は官九郎の足に文を結びつけ、何もなかったように家に帰る——手はずとしてはそういうことだ。

若先生の役割は、ずいぶんと重い。平四郎は彼に会ったことがないので、心底、こんなことに巻き込んでいい人物なのかどうか不安に思ったが、作次が万事大丈夫と請け合っているというし、こっそりと使いに行った小平次も、あの若先生なら信頼できますと言うから、思い切って頼むことにした。聞けば、若先生は牢屋敷内の腐敗ぶりと仁平の専横ぶりに、心底憤っているのだという。

そしていよいよ官九郎を飛ばす朝がやってきた。暦は長月の一日。だから何だという気もするが、きりがいいじゃねえかと平四郎は思った。ふぶきが知っていることを吐き出してくれれば、平四郎としては、この件についてこれ以上の詮索は不要となるところだ。

あとは——ちょっとばかり汗を流して動いて確かめることが残るばかりである。

それなりに気負いこんでいた平四郎だが、実際には、やることと言ったら佐吉が官九郎を空に放すのを見送るだけである。よろしく頼むぜ、と声をかけてみたが、官九郎がそれに応えてかあと啼くわけでもない。何となく間の抜けた感じがして、うなじをかきながら佐吉に話しかけた。彼は官九郎の消えた空の端の方をじっと見上げている。

「ここんとこ官九郎にかまけてロクな話もしてなかったが、長屋の方はどうだい？」

佐吉は視線を下げると、同時に両肩を下げた。「また家移りがありました。二所帯です」

「おまえさんのせいじゃないよ」

「これだけスカスカになってくると、住みにくいだろうと思います。誰もいなきゃ、米や味噌や七輪の貸し借りだってできませんからね。立場を逆にしたら、俺だって――」

「お徳とおくめはどうしてる？　久しぶりにこんにゃくでもふるまってもらうかな」

「お徳さんは元気にしてますが、おくめさんはあせもが辛いようです」

「まだあせもか？　朝晩はずいぶん涼しくなったがなぁ」

「こじれちまったんでしょう。腫れ物みたいになってますよ。かかっているお医者の膏薬が、臭いし高いし貼る手間も難儀なのに、ちっとも効かないんだとこぼしてました。寄って行かれますか？」

「そうだな、顔を出していこう。どうせ、明日の朝までは待ちぼうけなんだからな」

煮売屋の店先では、今日も大きな鍋が湯気をあげて頑張っている。お徳が杓子を持った手を持ち上げて、あら旦那いいところに来たよと大声で言った。

「味のしみたこんにゃくがいいなあ」

「今日はこれをお食べよ」

鍋のなかに箸をそろりと差し込んで、卵みたいなものを取り出した。小芋にも似ているが、箸ではさんでいる様子を見ると、もっとぷわぷわと柔らかい感じだ。

「何だ、こりゃ」

「魚のすり身を固めたんだ。つなぎに卵も使ってるから豪勢だよ」

煮汁が垂れないように、小皿に受けてくれた。平四郎は手で食べようとしたが、熱くてつかめないのでふうふう吹いた。

「また店子が減ったそうだな」

お徳はちらりと横目で平四郎を見た。「佐吉さんに会ったんだね」

「おめえ、佐吉をさん付けするようになった。あいつもたいした出世だ」

熱い煮物は旨かった。「こりゃいいな。お客が喜んで買いに来るぞ」

「おくめさんが思いついたんだよ」お徳は得意そうに言った。「あたしみたいに根っから貧乏じゃ、こういう口の奢ったものは考えつかないよ。あの人は、羽振りのいいときには贅沢してたからね」

そのおくめは姿を見せない。

「出かけてるのか？」

「またお医者の先生のところに行ってるんだよ。ねえ旦那、あせもって、あんなにひどくなるもんかね？」

お徳は鍋の方から平四郎に向き直ると、小娘のように思い詰めた目をした。

「さあ……俺はあせもなんざできたことがねえからなあ。医者はなんて言ってるんだ？」

「あんな町医者、あてになるもんか。あたしたち貧乏人のことなんか、目をつぶってちょっと触って、あとは適当な診立て(みたて)をするだけだもの。ちゃんとまぶたを開くのは、おあしを数えるときだけさ」

「ずいぶんな言われようだなぁ」

しかし、先(せん)に並んでところてんを食った時のおくめの様子を思い出すと、確かにずいぶんと弱っているように見えた。今はあの時よりも、もっとひどいのだろうか。

「旦那――あたし思うんだけど」

お徳は、言いにくい言葉を口のなかでちょっともぐもぐさせてから、吐き出した。

「あれ、本当にあせもなんだろうか。あの人、何か別の悪い病にかかってるんじゃないかね？」

「悪い病ってのは何だよ」

お徳はじれったそうに足を踏んだ。鍋のなかの煮汁がさざめいた。

「だから、下の病だよ。花柳病(かりゅうびょう)さ」

春をひさいでいるときに、客から感染(うつ)されたのではないかというのだ。

「そりゃ……俺には何とも言えねえがなあ」

「あたしは昔、見たことがあるんだよ。夜鷹(よたか)あがりの女が同じ長屋に住んでてさ。やっぱり身体にいっぱいできものができて、どんどん痩せて、死ぬころには頭まで病がのぼっちまって、誰もいないところで土壁に話しかけたりしてた」

お徳は一息にそう吐き出すと、大きな身体を太い腕で抱いて身震いした。

「しかし、おくめはこの夏まではしゃんしゃんしてたじゃねえか」

「嫌だよ、旦那は何も知らないんだね。あの手の病は、何年も経ってからひょっこり顔を出すんだよ。それまでは身体のなかで眠ってるんだ。で、はたからもそれとわかるようになるころには、もう手遅れなんだ」

ほかにどうしようもなくて、平四郎は、空になった小皿をお徳に差し出した。お徳はそれを受け取ると、うしろの台の上に置いてため息をついた。

「おくめはそんなにひどいのか？」

「足のところなんか、腫れ物が崩れて皮がむけて、骨まで見えそうなくらいだよ」

平四郎もぞわっとした。

「あたしゃうちの人の床ずれを思い出したくらいさ。あれはあせもじゃないよ。ねえ旦那、どうしよう。どうしたらいい？」

とりすがられても、平四郎にはどうしようもない。それでも、お徳の心配に歪んだ顔には心を動かされた。

「おめえ、結構おくめを気に入ってるんだな」

思わず口に出してしまった。すると、お徳は急にむっとしたようになり、顔を赤くして、またどすんどすんと足踏みをした。

「旦那はお人好しだね！　あたしがあんな女のこと、本気で心配すると思うのかい？　あたしゃ商いが心配なんだよ。あの女が本当に下の病だったら、店で働かせるわけにはいかないんだからね」

まったくとんでもない話だよと、一人でぷりぷりするフリをしている。平四郎はちょっと苦笑いをして、御番所にはその手の病に詳しい者もいるから相談してみようと言った。何か言って宥(なだ)めてやらないと、お徳はおさまりそうになかった。

「ホントかい？　頼むよね旦那」

お徳に送り出されて店を出て、鉄瓶長屋の木戸をくぐると、刷毛で掃いたような美しい雲を浮かべた真っ青な空を背景に、きわめて絵にならない小平次が、これまたきわめて絵にならない格好で駆けてくるのを見つけた。

「旦那、旦那、大変です」

走りながら小平次は、平四郎に呼びかけた。

「ど、ど、ど」

勢い余って傍(かたわ)らをすり抜けそうになった小平次の後ろ襟を、平四郎は捕まえた。

「ど、ど、土左衛門があがりました！」

珍しくもないことだ。それが何だという平四郎の顔に、小平次は唾を飛ばしながら訴えた。「あの正次郎の土左衛門なんです！　簀巻き(すまき)にされて、大川に放り込まれて、開けてみたら身体中火傷と打ち身の痣だらけで——」

正次郎。平四郎の頭のなかで、その名前と名前の持つ意味が結び付くまで、両手をぽんと打ち合わせるくらいの間があった。元の差配人の久兵衛を襲い、八百富の太助を殺したと言われている、「勝元」の奉公人だった男だ。

「旦那、そっちじゃねえです、一ツ目橋の方です！」

走り出した平四郎の後を、小平次の声が追いかけてきた。

亡骸は一ツ目橋のたもとに引き上げられて、むしろに覆われていた。野次馬が遠巻きにして、何やらさざめいている。むしろの脇に政五郎が立っていて、平四郎の顔を見ると腰を折っておじぎをした。茂七大親分の家で会うときには、岡っ引きというより切れ者の商人という風情の政五郎だが、今は尻はしょりをして袖をたくしあげ、いかにも御用で乗り出してきたという格好だった。

「『勝元』にいた正次郎だって？」

息を切らしながら、平四郎は訊いた。政五郎は黙ってうなずくと、むしろの端をつかんでめくって見せた。

青黒い西瓜(すいか)みたいなものがのぞいた。平四郎はすぐには、それが亡骸の顔だとわからなかった。水に浸かっていたせいもあるだろうが、できそこないの冬瓜のようにいびつに膨れ、目鼻立ちさえはっきりしない。

「ひでえなあ……」

「胸と腹に水が溜まっています」政五郎は亡骸のあばらの上に手のひらを乗せながら言った。「溺れて、水を呑んだんでしょう。簀巻きにされて川に投げ込まれるまでは、死にかけてはいても、死んではいなかったんでしょう」

「ますますひでえな。しかし、これでよく正次郎だってことがわかったな？」

「仏の下帯が、昔、『勝元』で使っていた名入りの手拭いをつぎはぎして作ったものなんです。それと背中に彫物がありましてね。ちょっと見づらいですが——」

政五郎が亡骸の左の肩を持ち上げた。「ここのところに、天女の絵が彫ってあるんです。『勝元』に人を遣って尋ねたら、皆、すぐにそれは正次郎だと言いました。板前や包丁人のなかには、彫物を好む連中が多いですからね。自慢しあったり比べあったりするんで、よく覚えているんでござんしょう。背格好も似ているそうですから、まず間違いはないと思います」

「正次郎についちゃ、最近わかったことがあって——ありゃ何だ？」

桶屋の権吉と八王子の賭場の話をしかけていたのを呑み込んで、平四郎は思わず叫んだ。川岸の湿った土を踏んで、弓之助がこちらに近づいてくるのだ。すぐ後ろにおでこがくっついて、弓之助は何やら熱心におでこに語りかけていた。

「旦那の甥御さんでござんすよ」政五郎は生真面目に言った。「それと、私どものでこ、ちんで」

「そりゃわかってる」平四郎は二人の方に駆け寄った。「おい、こんなところで何してる？」

弓之助は平四郎を見つけると、ぱっと明るい顔をした。「ああ、叔父上。ようやくいらっしゃいましたね」

「いらっしゃるも何も、なんでおまえがここにいるんだ？」

「政五郎さんの家の人が八丁堀まで報せに来てくれたとき、私はたまたま組屋敷にお邪魔していたのです。それで真っ直ぐここに参りました」

正次郎と聞いてはじっとしていられなかったのだと、少しばかり弁解するように付け足した。

「差し出がましいでしょうか……」

「というより、おめえ怖くねえのか？」

「何がですか？」

「あんな――亡骸を見るのがさ」

弓之助はちらっとおでこの方を振り返り、二人は揃って幼い眉毛を上下させた。「私たちは亡骸を見ていないのです。このあたりをずっと検分していただけです」

ほう——と、平四郎は息を吐いた。「叔母上がよく、おまえを出して寄越したなあ」

「しっかりやっていらっしゃいとおっしゃいました」

細君は、既に弓之助を養子に迎えた気分になってしまっているらしい。

「検分して、何かわかったかい？」

弓之助は首を振った。「正次郎さんは、ここらの川岸から放り込まれたのではないようです」

「何で」

「それらしい足跡が残っていないのです。いくら簀巻きにされてはいても、あの人は身体も小さくはないですし、大人の男ですから、相当暴れたことでしょう。運ぶには二人がかりか、ひょっとしたら三人の手が要ったかもしれません。普通に歩いているのではありませんから、足跡も入り乱れたことでしょう。でも、そういうものは見当たりません」

「う～んと上流の方で投げ込まれて、一晩かかってここまで流れてきたのかもしれないぜ」

「政五郎さんは、亡骸の様子からして、一晩も川に浸かってはいなかったろうとおっしゃいました。投げ込まれたのは今朝方のことだろうと」

平四郎は鼻の脇を指でほりほりかいた。そしておもむろに訊いた。「で、誰が殺ったんだと思う？」

二人の子供は、二対の目をまん丸にして平四郎を仰いだ。

「ちょっと訊いてみただけだ」平四郎は咳払いをした。「今の勢いだと、おめえなら下手人を知ってそうな感じがしたもんでな」

「今の場合、〝誰が〟よりも〝何のために〟の方が大事かもしれませんね」

「何で」

問い返してから、平四郎は急いで言った。

「俺はおめえから聞き込んでるんだ」

後ろの方にいた野次馬がちょっと笑った。平四郎は無視した。弓之助も知らん顔をしていた。

「正次郎さんは、ひどく痛めつけられていますね？」

「うん、こっぴどくやられてる」

「そんなことをした人物には、正次郎さんを拷問して、何か吐かせたいことがあったのでしょう」

平四郎は腕組みをして、しばらく弓之助の顔をじっと見た。やがて、紙に書いたものを読むようにして言った。「正次郎は何を知ってたか」

弓之助はうなずいた。「八百富のお露さんと富平さん、久兵衛さんは大丈夫でしょうか」

平四郎は急いで政五郎のいるところにとって返した。わずかに打ち合わせただけですぐに手配りが決まり、さっきから政五郎の指図で動いていた、平四郎の知らない顔の若い手下が、橋を渡って走っていなくなった。

「富平たちには、先からうちの見張りがついていますから、めったなことは起こらないでしょうが、用心するに越したことはありませんね」と、政五郎は言った。

「権吉はともかく、お律はどうかな」

「湊屋の渋い男前の番頭に匿(かくま)ってもらっているなら、心配はないと思いますが」

亡骸は近くの番屋に移されることになった。小平次が足繁(あししげ)く御番所とのあいだを往復して、平四郎が検視の役を務めることになったので、一同はぞろぞろと、亡骸を乗せた戸板の前後を囲んで移動した。一ツ目橋あたりの町役人たちは、弓之助とおでこの顔をかわるがわる眺めては不思議そうに眉を寄せていたが、平四郎は何も説明しなかったし、弓之助たちもおとなしく黙っていた。

番屋ではもう一度、念を入れて亡骸をあらためにかかった。野次馬の目がないので、むしろをすっかりめくって亡骸をむき出しにする。平四郎と政五郎があれこれ言うことを書役(かきやく)の老人が書き取っていくが、その隣でおでこが白目をむいているところを見ると、彼もまた例の如く頭のなかに〝書いて〟いるらしい。

弓之助は亡骸を見て、ちょっと青くなった。政五郎が淡々と、左手の小指の爪が剝かれているとか、爪先が炭火で焼かれているとか言うたびに、今度はちょっとずつ白くなった。

政五郎は慣れた手つきで亡骸の口を開けさせると、のぞきこんだ。「歯は抜かれていないようですね……。全部揃っている」

「そんな拷問があるのかい？」

「賭場に出入りする連中のあいだでは、珍しくないことです」

「ぞっとするねえ」

弓之助が何か言った。声が震えているので、最初は何を言っているのかよくわからなかった。

「——たないです」

「何だ？」

「歯です」

「歯が何だよ、ちゃんと言ってみな」

弓之助は喉をごくりとさせた。「歯が汚れていて汚いです」

政五郎が澄んだ目で弓之助の顔を見た。

「溺れて死ぬと、汚れた川の水をさんざん飲みますからね」

「ということだ」と、平四郎は結んだ。

弓之助は一歩踏み出して、亡骸に近づくとかがみこんだ。指で正次郎のくちびるのあいだからのぞいている歯を指し示す。

「でもこの汚れは、ゴミや泥ではないと思います。血の汚れではないでしょうか？」

平四郎と政五郎は、亡骸の口のなかをじっくりとあらため直した。口を開かせると臭いが強くなるので、平四郎は息を止めていたが、政五郎は平気そうだった。たいしたものだと感心した。

「溺れる苦しさに、舌を嚙んだのかもしれねぇよ」

平四郎は誰に向けてでもなく呟いたが、政五郎も弓之助も黙っていた。政五郎はちょっと眉根を寄せている。

弓之助は、唐突に書役の老人の方を振り返った。「恐れ入りますが、この近くに、てんぷらの屋台を出している人は住んでいますか？　団子屋さんでも、うどん屋さんでもいいのですが」

一同はそれぞれに驚いて目を見張った。書役の老人は面食らって、筆の先から墨がぽとりと落ちた。おでこの〝書き取り〟も中断し、黒目が眼の真ん中に戻った。

「なんだい、腹でも減ったかい？」平四郎は笑った。「あんまり食欲のありそうな顔色じゃねえがなあ」

「調達したいものがあるのです」弓之助は真面目だった。「いかがですか？」

書役の老人は、どちらの商売をする人も近所の長屋に住んでいると、場所を教えてくれた。弓之助は「失礼します」と言い置くと、駆け出して番屋を出ていった。残された面々はぽかんとするばかりだ。

書役の老人がお茶を淹れてくれたので、座って一息入れることにした。

「みんな揃って狐につままれたような顔してるなあ。狐にも茶をふるまってやるか」などと言って、平四郎は笑った。

弓之助は走って戻ってきた。平四郎は、てんぷらか団子かどっちだ？ と冷やかしたが、彼が持ち帰ってきたのは白い餅みたいなものだった。手のなかでそれをこねている。

「何だそりゃ？」

「うどん粉のかたまりです」

弓之助はすまなそうに肩をすぼめた。

「食べ物をこんなふうに使うのは気が引けるのですが」

そう言いながら亡骸に近づいて、白い餅を正次郎の口のなかに押し込んだ。そして、最初は上顎、次は下顎と、丁寧に彼の歯形をとったのだった。

「ははあ、なるほど」と、政五郎が感心した。平四郎は何が何だかさっぱりわからなかったので、ただ口を開いていた。

「何のまじないだ？」

「わかりません」と、弓之助はにっこりした。「役に立つかどうかもわかりません。でも、気が済みました」

弓之助はうどん粉のかたまりを大事に懐紙に包み込み、壊してしまわないように注意深く懐におさめた。平四郎は、半分は冗談に、しかし残り半分は大いに本気で呟いた。

「おまえはそんなふうに亡骸に触ったりできるぐらいに勇敢で、頭だって切れるのに、なんでおねしょが治らんのだろうなあ」

おでこが白目を剝くのをやめ、顎を引いて困ったように弓之助を見た。政五郎は笑いをかみ殺すために下を向いた。書役の老人が、また筆の先から墨を落とした。

「トカゲのおっぽの黒焼きがいいですわ」と、老人は言った。「煎じて飲めば、おねしょはたちまち治ります。わしのところの孫もそれで治ったですから」

「ありがとうございます」と応じて、弓之助は平四郎に向かって口を尖らせた。

一夜明けた翌日、平四郎は夜明け前に細君に起こされた。〝黒豆〟からの封書が届いているという。

「台所の竈の脇に置いてございました。早くお目にかけた方がよろしいかと存じまして」

八王子の正次郎の住まいや仕事先、彼の出入りしていた賭場には、政五郎の手下に調べに行ってもらうことにした。昨夜はその手配りをして、そのあと政五郎に勧められて茂七の家で夕食をふるまわれ、食いながら飲みながら、これまでの鉄瓶長屋をめぐる経緯や平四郎の思うところ、今後の計画などをじっくりと話し合った。おかげで気分はすっきりしたが、宿酔いで頭ががんがんするようだ。だが、細君は無情にもぱかぱかと雨戸を開けて行ってしまったので、もう寝直すわけにもいかない。

今度の手紙は短いものだったが、〝黒豆〟の達筆は、今朝の平四郎のちかちかする眼にはちと荷が重く、意味をつかむまでしばらくかかった。

鉄瓶長屋の前に、同じ場所にあった提灯屋の主人は、名を藤太郎という。おふじよりも三つ年上で、何と母方の従兄にあたる間柄だそうである。おふじは一人娘なので、子供のころにはこの藤太郎とずいぶん仲良しで、従兄妹同士の間柄ながら、ゆくゆくは添わせようかという話が出たこともあったそうである。

十年前に提灯屋がいけなくなったのは、藤太郎が病にかかって急に目が悪くなり、細かい仕事をしたり、職人たちに指図をすることが難しくなったからだそうだ。また藤太郎は気難しい人柄で、彼が目を病むと、それまでは頭のあがらなかった弟子たちが、彼を軽んじてそれまでの仕返しをしたり、勝手にお得意先を引き抜いて自分の店を構えてしまったり、金を持ち出したりと不祥事も続いた。まさに弱り目に祟り目である。

藤太郎には長年連れ添った女房のおれんがいるが、子供は赤子のときに亡くしたきりだ。今も夫婦二人きりで、おふじの実家の料理屋に住み込んで、半ばは親族待遇ながら、奉公人のような暮らしをしているという。

平四郎は頭をばりばり掻きながら文を読み、昨夜、政五郎が言っていたことを思い出した。もう十五年ほど前のことだが、おふじの実家の料理屋がもらい火で焼けたことがあり、とがあったという。そのときの火事に付け火の疑いがあったので、政五郎たちは念入りに調べたそうで、よく覚えているというのである。

——親戚か。幼なじみか。

平四郎は目をこすって、あくびをした。

——それじゃあ、あてにもできるよなあ。

一方の八百富の方だが、これは湊屋にも総右衛門にもおふじにも、直につながりがある様子は見えないという。これについてはあてが外れたわけだ。

昨日正次郎が殺されたことで、もう鷹揚に構えていられる時期は過ぎたと、平四郎は考えていた。

——ま、こりゃ本人に訊いてみりゃいいわな。ここまで来たら、それで充分だ。

もともと胡散臭い一件だが、ずいぶんと昔に済んでしまったことを探るのと、探っている途中で新しい人死にが出るのとでは、こちらの気分がまったく違う。今のところはまだ、誰が何のために正次郎を拷問して殺したのか、推測だけならいろいろできるだけにまとまりがつかないが、幕引きを早めなければならないということに関しては、平四郎と政五郎の意見は一致した。

手紙の末尾で、〝黒豆〟は、湊屋総右衛門は西国の大名家のいくつかと密に関わり合う者で——要するに金を貸しているわけだが——その大名家が揃って外様の名家ときているものだから、実はお上が注意深く彼の金の動きを監視しているのだということを、ここに至ってさらりと白状していた。この場合の〝お上が〟ということは、つまりはそれが〝黒豆〟に命じられたお役目のひとつだったということだろう。だから彼はみすずの縁談についても詳しく、湊屋の側によほどの不祥事や不面目がなければ、このままま とまる縁組みだと添え書きしていた。

――ふうん、そういうことか。

〝黒豆〟は、平四郎がこんなちまちました探索事を頼む以前から、自分の仕事のために、湊屋総右衛門の周囲を調べていた――ただ、平四郎が湊屋がらみの何について探りたいのかはっきりしないうちには、すぐに手札を開いて見せるわけにはいかなかったのだろう。

どんな立場のどんな仕事にも、その仕事特有の気の煩いというのはあるものだ。いちばん最初に、平四郎の口から「湊屋総右衛門」の名前が出たときには、実は〝黒豆〟の奴、さあ何事だろうとどきりとしていたのかもしれない。

しかし、今になってわざわざこれを書いてきたということは、〝黒豆〟の奴、平四郎の探索事も、大詰めに来ていると判断したに違いない。まったくまあ、なんでそこまで頭が回るかねえ。平四郎は大あくびをした。朝日がまぶしいので目がくしゃくしゃする。

うんと伸びをして立ち上がると、それを待っていたかのように、庭の方でバサバサと羽音がした。平四郎は勇んで障子を開けた。いちばん手前の椿の木の枝に、官九郎がきょとんと首をかしげて止まっていた。

「よう、お早う、ご苦労だったな」と、平四郎は声をかけた。「次からは、〝黒豆〟にもおまえを使ってもらおうか？」

# 十一

牢屋医師の若先生は、手筋正しい立派な字を書く人だった。文の最初に断り書きがあり、ふぶきはまったくの無筆なので、若先生が彼女から聞いた事柄を、できるだけ彼女の言葉をそのままに書き取ったと記してある。それだから、巻紙の文を読み始めて間もなく、平四郎は若先生の見事な楷書で、

「あのくされぱばあ」

などと書かれているくだりに出くわすことになった。ふぶきが、湊屋のおふじを指してそう罵ったというのである。

竈祓いに呼ばれる巫女などというものは、まあ半分はまがいものである。そういう口実で家々に入り込み、酒席の相手をし、春を売るのだ。江戸の町には女が少なく、必然的に男所帯が数多い。男ばかり十人も暮らしている商家で、女と言えば飯炊きの七十過ぎの婆様一人――などというところがゴロゴロある。だから彼女らの商いは立派に成立するのだ。

まがいものの巫女の彼女らはいったいに学などないし、無筆というのも珍しいことではない。巫女らしく見せかけるために並べる口上だの祝詞だのは、口伝えで先輩格の同業者から教えてもらったり、見よう見まねで覚えるものだから、学問など無用なのである。見せかけの巫女のかぶりものを脱いで、春をひさぐ女としての本性を見せたときの彼女らは、だから、たとえ顔かたちはそこそこ美しくても、ひとしなみに粗野で下品な女に堕ちる。言葉遣いが悪くたって、そちらの方が地なのだから、驚いてはいけない。

だが、それにしても、のっけから「くさればばあ」というのは剣呑だ。

牢屋敷の下男の作次によれば、ふぶきは女牢のなかで、自分が巫女として羽振りのよかったころのことをさもさも自慢げにしゃべるので、仲間たちから憎まれてしまったのだという。どうせそんな自慢話は嘘だろうと、作次も小平次も決めつけていたが、平四郎はそうは思わない。実際にふぶきは、一時はきっと優秀な巫女だったのだろう。盗み癖が直らないばっかりに、若い身空で身体中に埃をまといつけるようなことになってしまっているが、それさえなければ、牢屋敷につながれるようなことはなかっただろう。どっちに転んでもまがいものであるにはしても、巫女として、彼女を呼んだ人びとに、感謝されたり有り難がられたりして、高い金子を包んでもらい、旨いものをご馳走になり、面白おかしく世渡りしていた時期だって、必ずあったはずなのである。なにしろ、湊屋のお内儀が、評判を聞きつけてわざわざ呼んだほどなのだから。

ところが、呼ばれた方は、そのおふじを、「くされぱばあ」と罵る、か。

平四郎は官九郎に持たせた文に、もって回ったところのない、簡潔至極の問いかけを書いて並べておいた。湊屋のおふじはなぜ巫女を呼んだと説明したか、何を祓ってもらいたいと言ったか、何を拝んでもらいたいと言ったか、それにいくら払ってくれたか、全部で何度、おふじと会ったか、おふじに会わなくなったのは、もう来なくていいと断られたからか、それともほかの事情があったのか——若先生の筆によると、ふぶきはそうした問いかけに、合間合間に混ぜ込んだ悪態さえ取り除けば、筋道立てて答えたという。湊屋のおふじのことは本当に腹に据えかねたので、よく覚えているのだと言ったそうである。

今から二年と半年ほど前、ふぶきが初めて湊屋に呼ばれて、家の奥のおふじの居室を訪ねたとき、おふじは彼女に、この家に憑いて仇をなしている悪い女の霊を祓ってほしいと頼んだそうである。ふぶきが、お内儀さまはどこからわたくしのことをお聞き及びになったかと尋ねると、日本橋通一丁目にある呉服問屋の大おかみの名をあげて、十二の歳に疱瘡で死んだその家の孫の魂が迷っているのを、あなたに鎮めてもらったと聞かされたと答えたそうである。

実際、ふぶきは、迷える幽霊を鎮めるのが得意だと言っている。それでずいぶんと人には感謝されたそうだ。ここで若先生の注釈が入り、ふぶきは今でこそひどい様子だが、頭がよく機転もきいてはきはきとして明るく、顔立ちも可愛らしい娘であると記してある。道を踏み誤らなければ、牢屋敷につながれることもなかったでしょう、と。ひょっとして若先生ふぶきに惚れていなさるんじゃないかと、平四郎は余計な心配をしながら顎の先をつまんだ。

ふぶきはおふじの奥の居室にしか出入りしたことがなく、湊屋の他の場所は知らないが、迷える霊が潜んでいるとき特有の、しんと足先が冷えるような感じがまったくしなかったので、女の悪霊と言われても、すぐにはピンとこなかったという。そこでいろいろと事情を聞き出そうとしてみたが、おふじは話したがらず、とにかく祓い浄めてくれればいいんだというようなことを、高飛車に言うだけだったそうである。それができないなら帰ってくれ、もう用はないというのである。

しかし、ふぶきの方も商売人である。迷える御霊に呼びかけるにはいろいろと段取りが要ると口実をつけて、二度三度と湊屋に通った。そうしてあの手この手でおふじを懐柔し、切れ切れにではあるが、何が彼女の心を悩ませているのか聞き出すことに成功した。悪い女というのは、どうやら湊屋の主人総右衛門の情婦であるらしいこと。その女が不幸な死に方をしたらしいこと。ただしそれはかなり昔の話で、昨日今日の出来事ではないらしいこと。またその女の霊が湊屋に仇をなすというのも、おふじの勝手な表現であって、少なくとも、そういう実例をあまた扱ってきたふぶきが、「仇をなす」と聞いて即座に思い浮かべるような、病苦とか、妙な人死にが続くとか、家運が傾くとかいう類の実害が出ているわけではないようであること。この最後に挙げた点が、ふぶきにはとりわけ不審であったそうである。

しかし、四度目の訪問の際に、ちょっとした偶然から、その謎が解けることになった。巫女が家に出入りしているというので、湊屋の娘のみすずが興味を持ち、ふぶきがいるときに、母親の居室に顔を出したのである。

その際のおふじの周章狼狽ぶりと言ったら、まるでみすずが死人で、たった今棺桶から起きあがってきたというほどのあわてようだったそうである。あんたは近寄るんじゃない、あたしに近寄るんじゃないって、何度言ったらわかるんだ！　悲鳴のような声で一喝し、娘を居室から追い出して、ぴしゃりと唐紙を閉め、塩でもまきかねない勢い――いや、その場にふぶきが居なかったならば、本当に塩をまいていただろうという。

みすずが逃げて行ってしまい、おふじが青ざめて座り込んでしまったので、ふぶきはここぞと慰めにかかった。怯えきっているおふじは、それまで堅く口を閉じて漏らさなかった秘密を、あっさりとうち明けた――死んだ女の霊が娘に憑いて、娘の身体を乗っ取って、わたしに仕返ししようとしている、だってみすずの顔が、年々歳々、あの女にそっくりになっていくんだもの――

これで、おふじが再三再四力説する〝仇をなす〟というのがどういうことなのか、ふぶきにも判った。他所で似たような話を聞いたこともあったそうである。

ふぶきはさらに一歩踏み込み、〝あの女〟とは誰かと問いかけた。しかしこれは勇み足だった。それでもとっさにおふじは答えようとしたが、ふぶきの熱心な顔に気がついてふと我に返り、女の名前などお祓いに必要なのかと、逆に食ってかかってきたそうである。

　もちろん、お祓いに名前は要るのだ。今までだって占い師や拝み屋を呼んだことがあれば、そのときもそうだったでしょうとふぶきは言った。しかしおふじは、もうふぶきの言うことなど聞いてはいなかった。自分の不注意で、言わずもがなのことを漏らしてしまったという後悔に歯噛みするように、本当に奥歯を食いしばり、さっさと帰ってくれ、帰れ帰れとわめき始めた。金ならいくらでもやる、おまえのような汚らわしい女なぞ、二度とこの家に足踏みしてもらっては困ると、たいへんな剣幕だったそうだ。

　実際、おふじは金箱を開いて、ふぶきに向かって小判を投げつけた。そのうちのひとつがふぶきの顔にあたり、それが右の眉と目のあいだのやわらかなところだったので、皮膚が切れてたらたらと血が流れた。するとおふじはさらに気が狂ったようになって、叩いたりひっかいたりして暴れ出し、ふぶきはほうほうのていで逃げ出した。

　ここでまた若先生の注釈があり、ふぶきのこの顔の傷痕は、今でも一目見てわかるくらいはっきり残っていると書いてある。大事な商売物の顔に傷をつけられて、ふぶきがおふじを怒っているのは、大部分はそのせいであるようだ。

　ふぶきのような商いをする女の常で、彼女は一人ではなく、後ろにはヒモのような用心棒のような怖い阿仁（あに）さんがついていた。ふぶきはその男について詳しくは語らなかったが（若先生の手前だろうと、平四郎は思った）、普通ならばこのような場合は、阿仁さんに泣いてうち明けて、湊屋に殴り込んでもらうのが当たり前の筋書きだ。ふぶきは本当に悔しかったので、それも考えないではなかった。相手はそこらの小商人ではない。湊屋だ。上手に揺さぶれば、いくらだって金を吸い取れるだろう。

だがしかし、ふぶきはそれをしなかった。何より怖かったのだそうである。湊屋から金をもぎ取れれば楽しいだろうが、それがために、男と切れられなくなるのが恐ろしかったのだ。くっついた当初は良かったが、なれ合うとすぐに本性をむき出しにして、ふぶきの稼ぎは巻きあげる、口答えすれば殴る蹴る、自分は博打と酒に溺れて横のものを縦にもしないと、人でなしの条件が揃ったような男であったそうである。

これもよくある話だが、阿仁さんには似たり寄ったりの仲間がぞろぞろいたので、下手に湊屋の話など出して、なおさらひどいことになるのも、ふぶきは恐ろしかった。彼女はそのころにもすでに二度ほど盗みの咎でお上の手を煩わせていたが、いずれも軽い罪で、本当に〝良くないこと〟には手を染めた経験がなかった。そういうことはできない気質の娘だと思うと、ここでも若先生は親切に注釈している。

それにふぶきは、ほんの一目見たきりだけれど、みすずという湊屋の娘が、なんだか可哀想でたまらなかったのだという。自分の母親から、誰だか知らないが昔総右衛門と懇ろだったという女に顔が似ているというくらいで、まるで化け物のように扱われている。ふぶきは自分のおっかさんの顔を知らないのだが、おっかさんというのはみんな優しいものなので、きっとあたしのおっかさんも優しかったに違いないと思っているそうである。だから、おふじのみずに対する仕打ちには、心を痛めずにはいられなかった。

〝あのくされぱばあは、きっと〟

と、ふぶきは言ったそうである。

〝湊屋さんの情婦だったというその女を殺めてるんだ。自分の手で殺めたからこそ、今になって祟られて、仕返しを怖がっているんだ。だけど、自分がやったことをちゃんと正面から見る勇気がないから、お祓いでさえもちゃんと受けられないんだ。死んじまえばいいんだ、あんな鬼ばばあは〟

ふぶきを溜に移す段取りは上手くゆき、他の女囚たちの方も作次がぬかりなく宥めてくれているので、身柄については心配ない、この文をまとめているとき、岡っ引きの仁平が牢屋敷を訪ねてきたが、牢番相手に世間話をして帰っていっただけなので、こちらも何も気取られていないだろう――若先生はそうしめくくっていた。

巻紙を巻き戻しながら、平四郎は深々と鼻から息を吸い込み、わざと鼻息をたてて吐き出した。

ここまで揃えば、もうこれっぱかりも疑う余地はない。

――悪い女の霊、か。

葵のことだ。おふじは葵を指してそう呼んでいたのである。葵は死んでいるのだ。佐吉を残して家を出たのでも、別の男と駆け落ちをしたのでもない。おふじに殺されて、亡骸を隠されてしまったのだ。

平四郎はうなじをさすって、目を閉じた。起き抜けに長い文を読んだせいで首筋が凝ったような感じがしたが、すぐに、ふと吹き出した。この先やらねばならないことにとりかかったら、

——肩や首が凝るなんてことじゃ、済まねえよな。

朝日の照らす秋の庭に、雀が何羽か舞い降りてくる。

——なにしろ、十七年ものあいだ地べたの下で、ぐっすりと眠ってた女を掘り起こそうっていうんだからよ。

ちゅんちゅんと、雀たちがさえずる。一羽が縁側の端にとまって、何がおかしいのか小首をかしげて平四郎を見た。

平四郎は手を打って、細君を呼んだ。

弓之助がやってくるのを待っていて、平四郎は彼を連れ、政五郎のところへと赴いた。平四郎がいつになくむっつりとした顔をしているので、聡い弓之助は察するところがあったのだろう、道々ずっと黙っていたが、真っ青な空の先に、茂七大親分の構えは立派だが造りは質素な板葺きの家の屋根が見えてくるあたりになると、我慢しきれなくなったように口

を開いた。

「牢屋敷から、返事が来たのですね？」

平四郎はうんと言った。返事というより、そういう声を出した。ここまで来て今さらなんだと言われそうだが、弓之助にこれ以上関わらせることが嫌になってきた。だが、このおかしな子供が事件の正体を充分に推察していることに間違いはない。駄目だと言ってもついてくるだろう。だから下手に気を遣ったりしないで、埋もれていた事を明らかにするというこのお役目のひとつの醍醐味を——それは必ずしも楽しいことではないのだが——早いうちに経験させてやった方がいいんだろう。

だが、頭でこれこれと推察するのと、その結果を目で見て匂いを嗅ぐこととのあいだには、深い深い川がある。少なくとも平四郎はそう思う。そしてその川は、やっぱりある程度心の上っ面の皮膚が硬くなる年齢までは、渡ってはいけないものなのではないか。弓之助には、すべてが片づいた後、おまえの察していたとおりだったよと、教えてやれば済むことではないのか。

茂七大親分の家の裏手の低い生け垣の内側では、おでこが杓でもって水をまいていた。まだ落ち葉が舞う季節にはちと早いのに、ちんまりとした庭の隅の方で焚き火をしている。見れば、燃えているのは薪ばかりである。何かが焦げたような、しかし芳しい香りが、薄紫色の煙に乗って、平四郎たちのいる道端まで漂ってきた。

おでこは平四郎に挨拶すると、すぐに家のなかに通してくれた。政五郎は、十日に一度の帳面検めをしているが、旦那のお越しとあればすぐに参上するので、少々オマチクダサイなどとかしこまって茶を出した。

「落ち葉焚きじゃあるまいに、何を燃しているんだい？　帳面検めで出てきた、外聞の悪い書き物かい？」

平四郎がからかうと、おでこは真面目な顔でぺこりと頭を下げ、ついさっきおかわの汲み取りが参りましたので、臭い消しに香木を焚いているんでござんすと言った。平四郎はほうと言った。

「そいつは風流なことだな。今度俺にも、その香木とやらを教えてくれ。八丁堀でも、汲み取りでかき回した後は、しばらく臭って困るからな」

あいあいと二つ返事を残して、おでこは引っ込んだ。

この茂七の家に、いつもどのくらいの人数が便所を利用するのかわからないが、大親分としての彼の力を考えれば、手下の数も相当なものだろう。十日一度の下肥料は、かなりの収入になるはずだ。政五郎がそれにあわせて帳面検めをするというのもうなずける。

一般に長屋や貸し家では、その収入は差配人のものとなる。地主には一銭も渡さなくていい。長いあいだに、何となくそういう決まりになっているのである。店子が多い方が下肥料も増えるのが理屈で、だからそうしておけば、差配人の励みになるということもあるのだろう。

　佐吉は鉄瓶長屋にやってきて、結果的には良いことがなかった。今ではお徳の信用も勝ち得たようだし、店子たちは彼に馴染んで、彼に親しみを覚えるようにもなった。しかし、鉄瓶長屋はどんどん空っぽになってゆく。今ではもう、お徳おくめとお律に見放された権吉の、たったの三世帯が残っているばかりだ。彼を長屋に差し向けた者の意図はそこにあったわけだから、佐吉がどれほど頑張ろうと、算盤玉の揃う最後の桁は最初からそこに決まっていたのだから、仕方がないのだ。

　それでも佐吉はがっくりしている。このところの彼の様子を見ればよく分かる。当たり前だ。努力が空しいものとなれば、誰だって落胆する。

　しかし佐吉の手元には、それなりの金は残っているはずである。理屈ではそうなる。下肥料が入っているからだ。彼がそれをどうしているのか聞いてみたことはないが、仮に湊屋の方に上納しようと持っていったところで、それは差配人のものだと返されれば、ほかにどうしようもない。身持ちの堅い男だから、きっと貯めていることだろう。

　そうして、もうじき鉄瓶長屋の差配人が不要になり、佐吉は元の植木職に戻る。その際には、貯めた小金が新しい暮らしの元手になるだろう。結構な額になっているはずだ。いずれお恵とかいう娘と所帯を持つ際には、大いに役に立つ金である。

　佐吉に今回の役回りを振った者は、そのへんまで勘定に入れていたのではないか。汲み取りの話から、平四郎はついそんなことを考えた。そうに違いないとも思えてきた。佐吉を手駒のように使った者は、彼にそこそこの小金を与えてやりたいと思っており、またそうするだけの義理もあるのだが、表だっては動きがとれず、せめてもの手段としてこれを考えたのだ――

「旦那、お待たせいたしました」

政五郎に呼びかけられて、平四郎は物思いから覚めた。脇では弓之助がおとなしくしている。政五郎は手ずから栗を使った旨そうな菓子を運んできて並べ、着物の裾を粋にはらってそこへ座った。

平四郎は言った。「鉄瓶長屋の下の地べたを掘って、葵の骨を見つけなきゃならん」

ほんのわずかの間をおいて、しかもそのあいだになぜかしら弓之助に向かって小さく笑いかけてから、政五郎は頑丈そうな顎をうなずかせた。

「やっぱり、そういうことでござんしたか」

平四郎が話し始めると、音もなく唐紙を開けて、おでこが戻ってきた。黒目を上に寄せて、例の如く彼のお役目にとりかかる。

「二十一年前、築地に大店（おおだな）を構えた総右衛門を頼って、彼の姪である葵がやってきた。それがそもそもの間違いの始まりだ」

当時五、六歳だった佐吉の手を引いた葵は、母子してすぐに総右衛門のお気に入りになった。総右衛門は姪を愛し、姪の一人子を愛した。佐吉はまるで湊屋の跡取りのように遇された。

これで、もしも――空しい問いだがもしも、総右衛門がこのとき独り身だったならば、事は複雑にはならなかったのではないか。叔父と姪の婚姻（こんいん）など、血筋を重んじる公家や武家ではさして珍しいことではない。とりわけこの場合、早くに家を出た総右衛門は、親兄弟との縁が切れて久しかったわけで、葵が兄の娘だと言ったところで、頭ではそうと判っても、心の底からこれは自分と血の繋がった姪だと思うことは難しかったろう。総右衛門が子供のころから知っていたというのではなく、葵はすっかり大人になってから、ひょいと彼の目の前に現れた。美形で、それにふさわしい色香を漂わせ、可愛い子供まで連れている。成熟した一人前の女だ。葵がこぶつきだった――おぼこ娘ではなかったということも、かえって禍（わざわ）いしたかもしれない。

ひっくり返して葵の側から考えてみても、同じことが言える。彼女は最初こそ、総右衛門を叔父だと思って頼っていったのであろう。そこから先は、魚心あれば水心と言おうか。一代で財をなした総右衛門は、彼女の目にも、大いに魅力のある一人の男として映ったことだろう。しかも、彼の妻になることができれば、自分も佐吉も、これまでの恵まれなかった人生を補って余りある幸せを手に入れることができる。

しかし、総右衛門には妻がいた。一年ばかり前に娶ったばかりの、おふじという本妻が。総右衛門は、商人としては格上の——当時はまだまだ格上だったおふじの父親から、おふじを賜ったようなものだった。おふじもそれをよく承知していた。彼女は裕福な商家で大切に育てられた誇り高い娘であり、その気持ちのままの若妻だった。

葵には、おふじが邪魔だった。おふじには、葵が目障りだった。

二人の女のあいだにどういう諍いがあったのか、それが総右衛門の目にはどう映っていたのか、平四郎には今ひとつよくわからない。想像するのも難しい。しかし、葵が消えた後、湊屋の奉公人たちのあいだに、〝葵さんはお内儀さんにいびり出されたのだ〟という風評が、多少なりとも残っていたということは興味深い。葵は少なくとも人目に立つ場面では、常に受身でいたのだろう。お店の者たちの面前で、総右衛門の寵愛をいいことに、公然とおふじに逆らうようなことはしなかったのだろう。だが、他人の目のないところでは、話はまったく別である。

それでなくても、女という生き物は、そういうところには実に長けている。口に出さずとも、指一本動かさずとも、目配せひとつだけで、伝えたいことはちゃんと伝えるものだ。あたしはあんたが嫌いだ、いつかはあんたを追い出してやる、旦那さまはあんたよりもあたしの方を愛しく思っているのだし、あんただってそれが判っているはずだ——

お嬢様育ちのおふじは、海千山千の葵に、とても太刀打ちできなかったのじゃないか。お店の者たちの前で彼女をなじったり、打擲したり、あからさまに迫害したりして、かえって総右衛門の機嫌を損ねるような間違いを、何度となく繰り返したのではないか。彼女はさほど愚かな女ではないはずだし、失敗を重ねるうちには学ぶこともあり、このままではかえって葵に塩を送るようなことになると、気がつくこともあったろう。しかし、わがままいっぱいに育てられたおふじには、判っていても自分の気持ちを抑えることができなかった。総右衛門の不興をかうことがわかっていながら、葵に辛くあたるのをやめられなかった。それどころか、葵はあなたの前ではあんなに殊勝にしているけれど、一皮剝いたらひどい女だ、ずる賢くて蛇のようだというぐらいのことを、総右衛門に訴えたかもしれない。

そのようなことを考えつつしゃべっていると、平四郎はひどく悲しくなって、旨いはずの栗菓子も口のなかでぼそぼそするのだった。

「旦那は、どっちかっていうとおふじを気の毒がっておられるようでござんすね」

茶を入れ替えながら、政五郎が静かな口調でそう言った。

平四郎は首を振った。自分では、どうにもよくわからなかった。もちろん、他人の手で命を絶たれた葵も不憫だ。残された佐吉も哀れだ。しかしおふじも……。

「十七年前、おふじは葵を手にかけた」

政五郎はゆっくりと、箇条書きをするように言い始めた。

「そのことは、おふじと、彼女に忠実な、ごく親しい者だけの秘密であって、総右衛門は知らなかった——旦那はそうお考えでしょうか」

平四郎は政五郎の顔を見た。「おまえはどう思う？」

「私もそう思います」政五郎は言いきった。「もしも十七年前の時点で総右衛門が事実を知っていたのなら、もっと上手い隠し方をしたはずでござんすよ」

平四郎は、今度は弓之助を見た。子供は一種壮絶な顔をしていた。さらしのように真っ白なのに、くちびるだけが赤い。

「申し上げてもよろしいでしょうか」と、弓之助は平四郎を見あげて訊いた。

「うん、言ってみな」

「わたしは……その、諍いが……あったのは、例の提灯屋のなかだと思うのです」

鉄瓶長屋の前に、そこにあった提灯屋である。

「提灯屋の主人藤太郎はおふじの従兄で、彼女と仲良しでした。いわばおふじの味方です。おふじは、とうとう本当に我慢ができなくなって、葵と直談判をしようというときに、湊屋のなかでそれをやってはまずいと思ったのでしょう。人払いをしても、お店の者たちと同じ屋根の下では、壁に耳あり障子に目ありですからね。だいいち、葵を自分の座敷に呼びつけて怒ったのでは、それこそ彼女の思うつぼです。座敷を出てから葵がよよと泣き崩れたり、台所で涙にくれていたりしたら、まわりの者の同情は彼女の上に集まります」

平四郎はがぶりと茶を飲んだ。政五郎は両膝の上に手を乗せて、少しばかり労るような顔をして弓之助をながめている。おでこは白目を剝いている。

「それで、提灯屋の藤太郎に頼んで内緒で部屋を貸してもらった――」何かが喉にからんだみたいに、弓之助は咳をした。「そこに葵を呼び出して、話をした。ところがこじれて――」

「不幸なことになった」と、政五郎が先回りをした。

「そういうことです」弓之助はうなずいた。

「やってしまってから我に返ったおふじは、藤太郎に泣きついた。どうしよう、どうしたらいい？」

「どうもできねえな」平四郎は言った。「骸（むくろ）ってのは、存外重いもんだ。どこかに捨てにゆくと言ったって、戸板に乗せるか、荷車でも使わなきゃ運び出せねえ。昼間は人目が多いし、夜にそんなことしてりゃ木戸番に怪しまれる。提灯屋もおふじも素（す）っ堅気（かたぎ）だ。こんな後始末の要領を知らねえ。にっちもさっちもいかなかったろうよ」

しかし、提灯屋は広い家だった。敷地も広かった。

「家のなかのどこかに――たぶん、日ごろ人が滅多に出入りしないような納戸や空き部屋の畳を上げて、床板を外して、とりあえずはそこに隠した。だが、骸は早晩腐って臭い始める。だからできるだけ早くに、床下の地面を掘って埋めなきゃならなかったはずだ」

平四郎は考える。いくら仲良しの美人の従妹のためとは言え、家の中の床下に死人を隠す羽目になってしまった藤太郎は、えらい迷惑だと思ったことだろう。おふじをかばいとおすには、女房のおれんだって説き伏せねばならなかったはずだ。

そう、藤太郎の女房、提灯屋のおれんには、亭主と一緒になってそんな危ない橋を渡らねばならない義理もない。亭主がおふじの味方をすることに、諸手(もろて)を上げて賛成したわけもなかろう。ここでも、やっぱり悋気というものがあって当然だからだ。

「提灯屋のおれんは、先々の利益を考えたんでしょうかね」政五郎が、またぞろ先回りして地均(じなら)しをするみたいに呟いた。「おふじへの同情心だけで手伝ったわけじゃないでしょう。損得勘定がなくっちゃできねえことだ」

あるいはおふじの方から、ここでかばってくれれば悪いようにはしないと言い出したのかもしれなかった。

「そうやって、とりあえず事は収まった」と、平四郎は続けた。「おふじは湊屋に帰った。芝居見物かお寺参りにでも行ってきたような顔で帰った。家の者たちがだんだん心配顔になって、同じように出かけたはずの葵の方は帰ってこない。ところが、夜遅くなっても、ゆくなかで、おふじも一緒になって心配したり、またあの人の勝手のおかげで迷惑するというような態度をとってみたりする」

そして総右衛門は——湊屋総右衛門はどうしたろうか？

もしも——また〝もしも〟だが、この時点で総右衛門が真相を悟り、おふじを問いつめるようなことが起こっていれば、やはりその後の様相はまったく違ったことだろう。後追いでも、もっと上手な隠し方ができただろう。

ただでさえ人殺しは大罪だが、それに重ねて、総右衛門には、執念深く彼をつけ狙っている仁平という厄介がある。こんなことを仁平にかぎつけられたなら、いいように利用されて、おふじだけでなく総右衛門まで牢屋敷送り、湊屋は闕所の憂き目に遭い、彼がその才覚で築いた身代は、そっくりかすめ取られてしまうことになる。それはもうぞっとするほどに確かな見通しだ。

もしも総右衛門が知っていたのなら、慎重の上にも慎重を重ねて、その後の提灯屋の扱いに気を配ったことだろう。提灯屋と、葵の埋められている提灯屋の地所は、おふじだけでなく総右衛門の息の根を止めかねない急所となったのだから。

だがしかし、現実にはその後どうなったかというと、七年後、提灯屋は目を病んで商いをしくじり、おふじに泣きを入れて、地所を買い取ってもらう運びになった――そこまではいい、そこまでは結構だが、その後がいけない。湊屋はそこに鉄瓶長屋を建てた。提灯屋を壊して、鉄瓶長屋を建てた。それは、総右衛門がそこに葵が埋められていると知ったならば、けっしてしなかっただろうことの第一である。

だから実際には、総右衛門はずっと、何も知らなかったのだ。おふじの立ち回り方が、よほど上手かったのかもしれない。総右衛門は――多少は怪しんだかもしれないが――葵が行方知れずになったことを、そのまま受け入れてしまったのだ。ほとんど同時に若い手代も湊屋を出ているらしいことや、佐吉が、葵が金を盗んだと聞かされていたことなども、ひょっとしたらおふじの細工だったのかもしれない。おそらく、それが効いたのだろうと、平四郎は考える。

「おまえたちはどう思う？」と、平四郎は問いかけた。政五郎にでもなく、弓之助にでもなく、二人の座っている真ん中あたりに向けて。

弓之助が口を開くよりも先に、政五郎がふうと息を吐いてから、言った。「どこかの時点で、総右衛門が何か知っていたら——買い取りはしても、長屋を建てようとはしなかったでございましょうね。何かもっと別のものを建てるか、お上に申し出て火除け地として献上するとか、いろいろ手はあったはずでござんす。なにも提灯屋の地所全体でなくていい、葵の埋まっているところだけを上手に手つかずにすることができればよござんすからね」

平四郎は黙ってうなずいた。弓之助は正座して、ずっとかちんかちんになったままだ。

「地所の売り買いには、取引よりも先に、お上への届け出が必要でございますよ。地主連との話し合いもしなくてはなりません。つまり、これは公(おおやけ)の事でござんす。お役人も地主連も、湊屋の景気のいいことは知っていますから、地所を買うことには何の不審の念も抱かないでしょう。それでも、使い道は尋ねますよ。何に使うのかと。長屋を建てて店子を入れようというのは、ひょっとしたら湊屋だけの案ではなかったかもしれません。そうしてくれると町のためになるという、町役人や地主連からの提案があったのかもしれません」

「総右衛門としても、異存はなかった」と、平四郎は言った。「葵のことを知らなければ」

「そうです、知らなければ。ですから実際に、やっこさんはやはり、ここまでの時点でも、何も知らなかったんでござんしょう」

そうして、いよいよ総右衛門が長屋を建てる時、おふじが彼に、そこに葵の亡骸が埋まっているとうち明けたかどうか。これは憶測が難しい。うち明けたとしても、今さら引っ込みのつかない総右衛門としては、知らん顔をして普請を続けるしかなかったろう。もともと長屋の普請など簡単なものだから、土台を深く掘り返したりはしない。おふじがうち明けていなくても、普請の作業のついでに骨が発見される恐れはほとんどなかったろう。つまり、おふじが言わなければ何もわからないし、わかってもわからなくても、総右衛門としては同じように対処するしか手がなかったろうから、こればかりは当人たちに問いただしてみないと判別がつかないところだ。

いずれにしろ、秘密は暴かれることなく眠り続けた。葵の行方知れずに、疑いの眼差しを投げかける者は現れなかった。幸いなことに鉄瓶長屋は、大火や大水にも襲われず、平和に十年を過ごしてきた。

しかし、ほころびは意外なところに生じてきた。みすずが、長じるに連れて、葵と生き写しの美女になってきたということだ。

みすずと葵は、叔父の娘と姪の間柄、つまり従姉妹どうしということだから、血筋としては濃くはない。だが、父にも母にも似ていない子供が、亡くなった母の兄に似ているとか、孫がお祖父ちゃんにそっくりだとか、血のつながりというのは時に面白いいたずらをするものだ。冷静に考えるならば、みすずが葵に似ていたって、ちっともおかしくないのである。

しかし、葵の血で手を汚したおふじの目には、それが〝祟り〟と映った。とっかえひっかえ拝み屋や巫女を頼んで祓ってもらっても、葵がおふじを赦すはずがない以上、みすずを通しておふじの上に降りかかった祟りも消えることはない。美しく成長する娘の上に、過去の悪夢をまざまざと見てとるおふじは、どんどん追いつめられて、みすずに辛く当たり、〝あんな娘は飼い殺しにしてしまえばいいんだ〟などという、とんでもないことまで言い出すようになってしまった――

ここでようやく、総右衛門が様子のおかしいおふじを問いつめて、初めて事実を知ったのか、それとも先から承知の事だが、おふじがこれではあまりに危険で、もう葵の亡骸をあのままにはしておけないと腹をくったのか、これもどちらかはわからない。だが、どちらにしろ、総右衛門としては、できることは限られている。おふじの気を鎮め、秘密を守り通させるために、何らかの手を打つ――ということだ。さらに総右衛門の身辺には、常に仁平の執念深い目が光っている。打つ手は早く、誰にも悟られずに。それが肝心だ。

「今ごろになって鉄瓶長屋の店子を立ち退かせにかかったのは、おそらく、葵の骨を掘り出して、供養するためなんだろうと、俺は思う」

「あるいは、湊屋の別宅を建てて、そのなかに葵の鎮魂のための社を設けるつもりなのかもしれません。どっちにしろ、私も旦那のお考えのとおりだと思います」

というように弓之助を見やった。いくらかは顔色を元に戻して、弓之助はうなずいた。

政五郎はそう言って、坊ちゃんもそう思いなさるでしょう？

「おふじを今のまま放っておけば、遠からず本当に我を失って、滅多なことを口走るようになっちまうかもしれねえ。それればかりは何としても防がないと、総右衛門にとっては命とりになる」

平四郎は冷えてしまった茶を舐めながら、湊屋総右衛門というのはどういう男なのだろうと、あらためて考えた。この十年を、どんな心持ちで過ごしてきたのだろう。十七年前、葵が彼に何の断りもなく姿を消したとき、おふじを疑ったことはなかったのだろうか。それとも彼と葵のあいだも、彼女がいつ出奔してもおかしくないほどに、こじれ始めていたのだろうか。

葵が消えて以降の総右衛門の度外れた女遊びは、彼女の面影を追っての所業だろうか。それとも、彼から葵を奪ったおふじに対する仕返しだろうか。それとも、単に彼はそういう男なのか。多数の女を愛でずには生きて行かれない男であるというだけの話なのか。

——面倒くせえだろうになあ。

心のなかで呟いたつもりだが、口に出ていたらしい。政五郎と弓之助が顔を見合わせて、ぷっと吹き出した。

平四郎はつるりと月代を撫でると、照れ隠しにへへへと笑って見せた。

「とにかく、そういうあれこれがあって、総右衛門は今になって、鉄瓶長屋から店子たちを追い払わなきゃならねえ羽目に陥った。ここんとこのおかしな出来事は、八助の壺信心も権吉の思い出したような博打狂いも、そもそもの八百富の太助殺しも、みんなそのための細工だよ」

「八百富の事件と言えば――」

弓之助の目が明るくなったので、平四郎は彼を促して、先に二人で話し合ったことを説明させた。太助殺しの一年半前に起きた、正次郎が本当に久兵衛を襲い、思いがけず助けに駆けつけた太助に返り討ちにあってしまったという事件は、今回の店子追い出しと同じ意図を持った試みだったのではないか――

「なるほど、それがいちばん最初だったということでござんすね。よくわかります。おそらくは旦那のおっしゃるとおりでしょう」

政五郎は大きくうなずくと、ちゃんと〝覚えて〟いるかどうか確認するために、おでこの方をちらっと見た。おでこは大車輪で働いているらしく、黒目が完全にまぶたの裏側に引っ込んでしまっている。ちょっと息抜きをさせてやらないと、泡を吹いてしまうかもしれぬ。

「元の差配人の久兵衛は、最初から――いっちゃなんだが、ぐるだよ。十年前、総右衛門から事情をうち明けられて、委細承知の上で『勝元』を離れて、鉄瓶長屋にやって来たんだろう。長屋じゃ差配人がいちばん偉い。久兵衛の許可なしには、普請も井戸替えもなんにもできねえ。葵の亡骸がうっかり掘り出されるようなことがないように、監視する役割を担うにはうってつけだ」

長年奉公したお店がつぶれ、五十路近くになって生計の道を失いかけたところを湊屋に拾ってもらった久兵衛は、総右衛門に対して大きな恩を感じていただろう。総右衛門もそれを見込んで、久兵衛ならば頼むに足ると、彼を差配人に据えたのだ。

「一年半前、総右衛門は頭をひねって、久兵衛が正次郎に逆恨みをされて襲われる——という事件をでっちあげた。正次郎は『勝元』の板場の奉公人で、やっぱり総右衛門の手の内にある男だ。久兵衛とだって、実際には世話をした世話になったの間柄だったのかもしれない。つまり正次郎も、総右衛門が駒として使える男だった」

ところが、八百富の太助の働きによって、正次郎はし損じた。総右衛門も久兵衛も、一からやり直さなければならなくなった。

「太助はバカじゃねえ。現場にいて、襲ってきたという正次郎と、襲われたという久兵衛の様子が、なんとなくおかしかったことに気づいたのかもしれねえ——いや、これはみんな俺の当て推量だからな、よっぽどおかしかったら止めてくれよ」

弓之助は叔父を励ますようにうなずいた。

「はい、承知しています。でも叔父上、おかしくはありません。どうぞお続けください」

平四郎は甥の激励に、ちょっと照れた。空咳(からぜき)をしてから、続けた。「太助に悟られたことを、久兵衛も悟った。総右衛門に相談して、二人はまた首をひねった。で、思い切って八百富の連中には、うち明けたんじゃねえかと思うんだ。もちろん、葵の亡骸が長屋のどこかの地べたの下に埋まってるなんてことは言わねえよ。ただ、切実な事情があって、店子たちをここから追い立てたいんだ、今度の事件もそのためにでっちあげたんだということぐらいは話したんじゃねえかな」

「もちろん、このことについては他言してくれるなと、金も積んだでしょう」と、政五郎がぬかりなく言って、さらにぬかりなく付け足した。「ただし、それを八百富が受け取ったかどうかはわからないですがねえ。富平は受け取らなかったでしょう。ほかならぬ差配人さんの頼みだ、金など要らない、秘密は守るとね」

「でも、太助さんは受け取りたがった」弓之助が、またぞろちょっと青白くなり始めながら言った。

「しかもまずいことに、富平さんは身体を損ねて寝たきりになって、八百富のなかでは太助さんの言うことが幅をきかせるようになってきてしまった——」

政五郎が出し抜けに手を伸ばして、おでこの額をぽんと叩いた。止めておいた掛けがねが外れたみたいにおでこの黒目がまぶたの内側から降りてきて、くりりと目が晴れた。

「ちょっと休んでいいぞ」と、政五郎は言った。「旦那も坊ちゃんも、茶を入れ替えましょう」

おでこがため息をついて、どっと疲れたというようにうなだれた。弓之助が心配そうにのぞきこむ。政五郎がてきぱきと急須の茶っ葉を取り替え、鉄瓶の湯をさした。良い香りが立ちのぼる。平四郎もほっとした。

一同は、法事にでも来たかのように粛々と茶を飲み、栗菓子を頰張った。いつの間にか香木が燃え切ったのか、庭先から漂ってきていた薄い煙も消えている。

「この春の、久兵衛の出奔の引き金となった事件は――」

おもむろに、政五郎が言い出した。いったん休んでしまうと、こんな話をまた続けるのは気が重かった。この男はちゃんとそういう座の気分を見抜いていて、嫌な役廻りを買って出るのだ。

「目的が二つあったんでござんしょう。一つは、鉄瓶長屋から久兵衛という扇の要を外して、佐吉という不慣れな若者を送り込み、鉄瓶長屋の店子が減っていってもおかしく見えないようにお膳立てをすること。もう一つは、湊屋総右衛門の後ろ暗い隠し事を察しつつあって、ゆくゆくは厄介の元になりそうな八百富の太助を始末してしまうこと」

弓之助がごくんと喉を鳴らした。どきりとしたのか、それとも栗菓子にむせたのか。

「お露は――やっぱり事情を知っていていて片棒を担いでいたんだろうな」

平四郎の呟きに、政五郎は力強く答えた。

「お露の申し状の、すべてが嘘であるわけじゃござんせんよ。太助が寝たきりの富平を疎んじて厄介払いしようとしたことは、実際にあったんでしょう。棚からぼた餅で、どうやら湊屋という金蔓をつかんだようだと感じ始めたときから、太助は人が変わっちまったのかもしれません。水茶屋の女と一緒になって、面白おかしく暮らしたいという目先の欲にもとらわれていた。妹のお露にしてみれば、親父の命をとるか、金に目のくらんだ兄貴をとるかの分かれ目だったのかもしれません」

「しかも久兵衛さんに説得されて」と、弓之助が続けた。「富平さんは……どう言ったのかわかりませんけれど……なにしろ寝たきりだし……」

殺し屋が来た——あの夜に、お露はお徳にそう訴えたという。殺し屋が来て、兄さんを殺してしまったんです。

太助を殺したのは、やはり湊屋の放った駒の誰かだろうか。それとも、お露がやったのか。あるいは久兵衛その人だろうか？

「どっちにしろ、お徳は騙されてる」

平四郎には、それが何とも居心地が悪かった。だからと言って、今さら本当のことをお徳に教えるのも、余計に居心地の悪いことのように思えた。

「お露だって、好きこのんでお徳さんをおこわにかけたわけじゃござんせんよ。心のなかでは詫びているでしょう」

「それで叔父上」弓之助が、話の舳先を無理矢理ねじ曲げようと、調子っぱずれに元気な声を出した。「叔父上には、葵さんが眠っているのが鉄瓶長屋のどのあたりの地べたの下か、お考えがおありですか？」

「ない」と、平四郎は言下に答えた。「あてはまるっきりねえ」

「それでは、長屋の地所を全部掘るおつもりですか？」

「いざとなったらなあ。しょうがねえだろ」

「坊ちゃんはあてをお持ちで？」と、政五郎が訊いた。

「佐々木先生のところに保管してあった切り絵図に――」

弓之助が不用意におっ始めたので、平四郎はあわてて彼の頭を押さえ、弓之助が習っている佐々木先生というのが、何かを計ることが三度の飯よりも好きだという計測先生で、本来ならお上のお許しがなければできないはずの市中の計測や切り絵図作りを内緒でやっている御仁なのだと説明した。

「まあ、趣味だからな。俺も大目に見ようとしているわけでな」

あわてる平四郎に、政五郎はくつくつ笑った。「よござんす。それでその計測佐々木先生の絵図に、なんぞ足しになるものがあるんですか、坊ちゃん？」

今から十五年前に作られた、提灯屋のあったあたり一帯の切り絵図に、提灯屋の敷地内の建物についての添え書きがついているのだという。

「なにしろ大きな家でしたので、それに提灯屋だけでなく、商家は皆、蔵や離れの位置をきちんと記載してあるのです」

「それで？」平四郎は乗り出した。「それでおまえはどう思うんだ？」

「提灯屋さんには離れがありました」と、弓之助は心なしか頬を紅潮させた。「何のためにつくられたものかはわかりません。そこまでは記録しておりませんし、当時のことを覚えている人も、佐々木先生の塾のなかにはおりませんでしたから。ただ、その離れは六畳間と四畳半を繋げたほどの広さで——」

「お徳のところや、八百富ぐらいの広さですな。棟割りではなく、表長屋の方だ」と、政五郎が言った。

「はい、おっしゃるとおりです」弓之助はうなずいた。「そこは、今の鉄瓶長屋では、ちょうど八百富さんの家のある場所にあたります」

平四郎は、らしくもないことを考えた。因縁——である。怨念——である。もしも葵が八百富の下に埋められているのだとしたら、富平と太助とお露があんな事件に巻き込まれたのも、そのせいだったのではあるまいか。彼らは何も知らないのに、この世に残った葵の一念が、まさに湊屋に仇をなそうと、総右衛門の必死の企みを崩すように崩すように、八百富の三人を操っていたのではあるまいか。

「坊ちゃん、その切り絵図を先生のところから借りだしてくることはできますか？」

「わたし一人ではなかなか難しいかもしれませんが、政五郎さんがお上の御用で要りようなのだとお口添えをしてくれれば、先生も承知してくださるかもしれません」

「では、参りましょう」政五郎はきびきびと言った。「いつ掘るか、人手はどうするかは、またご相談しなくてはなりませんが、旦那、必要な道具は私の方で揃えます。お任せください」

平四郎はうんと言った。沈んだ声だと、我ながら思った。

「叔父上？」と、弓之助がのぞきこむ。

「掘るときに、長屋に残っている連中には、知られたくないな。権吉はフラフラ出歩いてるか、酒を喰らって寝てるかだから、放っておいてもかまわねえが、お徳とおくめは厄介だ。どうやって遠ざけるか」

「特にお徳さんには？」弓之助は微笑んだ。「叔父上は、お優しいのですね」

平四郎は腹のなかで思った――優しいかどうかは知らんが、俺はおまえにだって、掘るところは見せない方がいいんじゃねえかと思うんだよ、深い深い川を渡って、その黒い水をのぞきこむようなことは、おめえにもお徳にもさせたくないんだからよ。

だが、口には出さなかった。代わりに、もう一つ気になることを言葉にした。

「正次郎を拷問して殺したのは、誰だと思う？」

政五郎と弓之助は顔を見合わせて、それから申し合わせたように目を伏せた。

「あの件も、今度のことと関わりがないとは思えねえだろ？　たまたま博打仲間のいざこざに巻き込まれた――そんな偶然があるかね？」

あるかもしれないが。何があっても驚いちゃいけないのが世間というものだが。

「もう、これからはのんびりしてられねえよ」と、平四郎は言った。「正次郎も事件の一端を知っていた男だ。ほかにもそういう人間はいるだろう。全部は知らなくても、端っこをつかんでる。同じような立場の別の誰かと組み合わせれば、端と端が合わさって絵柄が見えてくる」

ぐずぐずしていては、そういう人間が、またどこかで川に放り込まれるかもしれない。

「急ぎましょう」と、政五郎が言った。それと同時に、おでこがくしゃんとくしゃみをした。

「お済みでござんすか」と、いささかげっそりした顔で言った。「あたいは頭がはちきれそうでござんす」

## 十二

井筒平四郎は熟眠する性質(たち)である。いつでもどこでも必要とあらばぐっすりと深く眠れる

——というのは、井筒家の男どもに共通した〝特技〟であるらしく、平四郎の父親も、兄たちもそうだった。眠っているのか死んでいるのか、すぐには判別がつかないような眠り方をするのである。これもまた井筒家の男たちの特徴で、そろって血色が良くないものだから、なおさら判りにくくなる。

平四郎もまだ青年時代に、道場から帰ってきて少しくたびれていたのと、あまりにぽかぽかと良い陽気だったのに負けて、ついついごろ寝をしていたら、ぱちと目が覚めたときに、鼻先に手を差し出されていたことがあった。座敷を掃除していた女中が、大真面目な顔で、彼が息をしているかどうか確かめていたのである。そそっかしい小娘で、あまり役に立たず、半年ばかりで暇を出されていなくなってしまったが、可愛い顔をしていた。当時の平四郎は、ちょっとばかり気に入っていたものである。今ごろどうしているだろう。

などということを考えたのも、政五郎たちとの話し合いを終えて帰宅したその夜、またぞろいつかのようなはっきりした夢を見て、真夜中に目を覚ましたからであった。

ひどく冷たい感じのする夢だった。内容はよく思い出せなかったが、真っ暗で息苦しいような感じがした。少しばかり心の臓がどきどきしている。天井を仰いで、平四郎は大きく息を吐いた。

死者は、自分が死んだことをどうやって悟るのだろう——そんなことを、唐突に考えた。

死者が祟ったり幽霊になったりするのは、死後も強い感情が残っているからだろう。しかしまずそれ以前に、自分が死者となったということを、どんなふうにして理解するのだろう。誰かに告げられるのだろうか。閻魔さまか。地獄の獄吏か。しかし、いちいちそんなことをしていたら、死者は大勢いるのだから、地獄の方々は休む暇もないだろう。やはり、死者自身が、嘆き悲しむ残された者の顔を、物陰から見つめてそれと理解するのか。だとすると、嘆いてくれる者がいない場合には、なかなか死者になったことを納得できないのではないか。

平四郎は寝床の上で起きあがると、ぽつねんと腕を組んだ。いつの間にか夏はきれいに去って、夜気は冷え冷えとしている。明かりがないので何も見えない。今夜は月がないから、雨戸の隙間から差し込む月明かりもない。宵のうちから雲が出ていたから、星があっても隠されてしまっているのだろう。あたりは、ぺったりとした闇だった。

さっきの夢は、たぶん葵の夢だなと、平四郎は納得した。夢のなかで、俺は葵になっていたんだな。そして二の腕をさすって、ちゃんと肉がついていることを感じると、自分でそう思っていた以上に安心して、また寝床に潜り込んだ。

翌日の朝には、道具と人手の都合はついたと、政五郎が報せてきた。手下のなかでも口の堅いしっかり者を二人揃えたから、力仕事は任せてくださいという。

弓之助が、変人の佐々木先生（と呼んだら、せめて趣味人の佐々木先生にしてくださいと抗議された）から、約束どおり提灯屋の絵図を借りだしてきてくれたので、平四郎は彼を連れて、また政五郎の家へ向かった。これまではまったく岡っ引きと付き合いのなかった平四郎が、しばしば政五郎と会うようになったので、小平次は不審に思うらしく、ついて行くと言い張ってきかなくて、宥めるのに大骨を折った。

「見廻りもおろそかになります」

「政五郎のところに、長居はしねえよ。先に行って待っててくれよ」

「どこで待てとおっしゃいますので？」

「そうだな、鉄砲洲の渡しでどうだ？」

やっと振り切って歩き始めると、弓之助がちょっと笑いながら言った。「小平次さんは、私のことはカンベンしてくださいましたが、政五郎さんたちのことは、なかなかカンベンできないようですね」

「そうだなあ。政五郎はおねしょをしねえからな」

その政五郎は、昨日と同じ座敷に平四郎たちを通し、今日はすぐに唐紙を閉てきってしまった。風向きの加減か、今日は、表家の方で政五郎の女房が切り回している蕎麦屋の出汁の匂いが、座敷の方まで漂ってきていたので、ちょっと惜しかった。平四郎は、この一件が全部片づいたら、深川でいちばん奢った出汁を出すという、ここの蕎麦をたらふく食ってやろうと思った。

「朝方、うちの者を遣って、ちょいと鉄瓶長屋をのぞかせてきたのですが」と、政五郎は切り出した。「とうとう、店子は権吉さんと煮売屋のお徳さんとおくめさんのところだけになってしまいましたね。淋しいことです」

「佐吉はいたかい？」

「掃除をしていましたよ。声はかけなかったので、様子はわからなかったようですが」

ところで旦那――と、政五郎はひと膝乗り出した。「昨日のお話じゃ、八百富の下を掘るときには、佐吉さんとお徳さんたちを鉄瓶長屋から遠ざけておきたいということでしたが、そのための口実はござんすか？」

平四郎は笑って首を振った。「ねえよ。ひと晩ぐらいじゃ思いつかねえし。何かあるかい？」

政五郎は眉間に浅いしわを刻むと、バカに真っ直ぐに平四郎だけを見て、隣に座っている弓之助の小さな顔にはまったく目をやらず、こう言った。「あのおくめさんという人は、病が出ていますね」

政五郎にひたと見つめられて、平四郎は一瞬ぽかんとしたが、そのとき、いつかお徳が心配そうに話していた事柄が、さっと頭のなかに蘇ってきた。

――あれ、本当にあせもなんだろうか。

――だから、下の病だよ。花柳病さ。

「ああ、そうか」と、思わず声が出た。「そういうことか。そう思うかい？」

政五郎はうなずいた。「へい、間違いないでしょう。だいぶ進んでいます」

弓之助は目をくりくりさせている。しかし、頭のいい子供だから、これは符丁のやりとりであって、何か自分には露骨に聞かせたくない種類のことなのだということは判るらしく、殊勝に黙っている。

「おまえさんは、その手の病に詳しいのかい？」

「私には診立てられません。いえ、今朝鉄瓶長屋に遣ったのは、うちのおでこでして。あれをしじみ売りに仕立てて行かせたんですよ。お徳さんは、みそ汁にするからと、ひと笊買ってくれて、おでこに駄賃もくれたそうです。そのときに、すぐ奥の座敷で誰か寝ついてるような気配がしたそうでしてね」

「そうか、おくめはすっかり寝込んじまってるのか……」

平四郎は、お徳から相談を持ちかけられたのに、心当たりに聞いてみてやると言ったまま忘れていたことを後悔した。

「おでこにそれを聞きまして——おくめさんの生業については旦那から伺ってましたんでね、気になりまして、煮売屋が始まった頃合いを見計らって、今度は若いのを一人遣ったんでござんす。なに、医学の心得なんざこれっぱかしもある奴じゃありませんが、うちの大親分に拾われるまでは、吉原の牛だったという男なんで、あの手の病を見る目は確かです」

牛というのは、吉原の用心棒のような存在である。遊女と遊女を買いに来る客を、等しく監視する。当然、怖い阿仁さんでないと務まらない。

弓之助は、そこまで聞いて、この場でやりとりされている「病」の意味の見当がついた、というような顔をした。それはそれで問題だと平四郎は思った。まだ早い。

「それでその、お若いのは何と言ってる？」

「かなり良くないと」と、政五郎は簡潔に言って、首を振った。「はやくちゃんとした手当を受けさせないとまずいと申しました」

お徳の不安は、的の真ん中を射ていたというわけである。

「それでですね、旦那。千駄ヶ谷の先に、風変わりな医者が住んでいるそうで――」

「また、えらい鄙びたところに住んでやがるな。きっとじじいなんだろ？」

「はい、変わり者だそうですよ。まわりには一軒の家もないという場所で――元は大きな農家だった家を借りて、患者を泊まらせて治療をしてくれるのだそうです。いえこれも、その若いのから聞いた話です」

「養生所がらみじゃねえよな？」

「違います。養生所は有り難いところですが、その……おくめさんを入れてはくれないでしょう」

もっともだ。平四郎はうなずいた。弓之助は借りてきた猫のようにおとなしくしている。

「おくめさんを、そこで診てもらっちゃどうでしょうか。お徳さんに事情を話して、連れていってもらうんでござんすよ」

平四郎は政五郎の顔を見た。「そりゃいいが、そういう医者は高いことを言うんじゃねえかい？」

お徳に、そんな金はない。

「この病は人から人へ感染る(うつる)でしょう？」と、政五郎は言った。人間ができているので、依然として真っ直ぐと平四郎だけを見ている。だが、さっぱり人間ができていない平四郎は、思わず弓之助の方を見てしまった。感染ることは感染るがどうやって感染るか、おめえ知ってるか？　知らねえよな？　それとも道楽な親父から教えられてるか？

弓之助は借りてきた地図の端っこをいじりながら、うつむいていた。

「長屋を守る差配人としちゃ、感染る病にかかった店子を放っとくわけにはいきませんや。それが筋でしょう。佐吉さんの働きどころだ。ここは差配人の懐からおあしを出していただいて、お徳さんとおくめさんに付き添って、一緒に千駄ヶ谷に行ってもらうというのはいかがでしょうね。それでなくても、お徳さんが一人きりでおくめさんを連れて行くのは心細いでしょうし」

そいつは名案だ——平四郎がぽんと手を打とうとしたそのとき、弓之助がそうっと下から差し出すように言った。「でも佐吉さんのところには、長坊がいますよね？」

「あの小さい子供ですね？」政五郎は、ここで今日初めて弓之助に話しかけた。「そうだね、あの子は私のところで預かるということではいかがでしょうね。ここならおでこもおりますし、寂しくはないと思いますが」

弓之助の顔が、パッと明るくなった。「それもまた名案だと思います。ねえ叔父上?」

平四郎は、ぽんぽんと手をふたつ打った。

それから半刻ほどかけて、平四郎たちは、弓之助が持参した絵図を広げ、あれこれと検討した。驚いたことに、弓之助は佐々木先生のところから古い絵図を借りだしてくるだけでなく、現在の鉄瓶長屋の絵図も、自力で作り上げていた。

「こりゃ、だいぶ前から作っていたんだな?」

「そのうち要りようになることもあるかと思いまして」

平四郎が、弓之助はなんでも計ってしまう名人で、目測も歩測もえらく正確なのだと説明すると、政五郎は喜んだ。

「どうりで、おでこと話が合うわけだ。特技ということなら、あれのも特別でござんすからね」

新旧の絵図を付き合わせてみると、やはり、怪しいのは提灯屋の離れ——今の鉄瓶長屋の八百富の家だということに、結論は落ち着いた。絵図を広げて歩測の説明にかかると、たとえ事がこんな場合でも、弓之助の顔が生き生きと輝くことに、平四郎は感心した。

「よし、それじゃあ佐吉たちが発ったら、その日からかかろう」平四郎は言った。

「まあ、佐吉たちが何日か千駄ヶ谷にいてくれれば、よしんば八百富が外れでも、ほかを掘ってみることはできるからな」

「外れはございませんよ、叔父上」弓之助が、それまでの楽しげな顔色を一気に消して、小声で言った。「八百富で中たりです」

「バカに自信があるんだな」

「八百富の人たちがあんなことに巻き込まれたのは……偶然ではなくて、葵さんの霊魂のしからしむるところだというふうに、私は感じてしまったんです。それは……おかしいでしょうか」

おかしくはない。平四郎自身もそう考えたのだ。だが、それを口に出す前に、政五郎が言った。

「これで用意は万端のようですが、しかし旦那、お徳さんに事情をお話しになるのは辛いでしょう。誰か――さっき申し上げたうちの若いのでも、お伴させましょうか」

確かにその方が、お徳に話しやすいかもしれない。平四郎はちょっと考えた。が、結局はかぶりを振った。

「いや、これは俺一人でやるよ。その方がよさそうな気がするんだ」

翌日、そのまた翌日と、ひんやりとした秋雨が降った。がらんどうの鉄瓶長屋を、平四郎は一度だけ佐吉のところに立ち寄ってのぞいてみたが、まるで墓場のように静かだった。お徳の店先から立ち上る煮物の湯気だけが温かい。それがかえって切ないような感じだった。

平四郎は柄にもなく細かく気を病んで、こんな憂鬱な天気の折には、おくめの病の話はしたくないと考えた。正次郎があんな死に方をしたこともあり、早く葵を掘り出さなくては、また誰かが危険な目に遭わないとも限らず、急がねばならないことは判っているのだけれど、やはり言い出せなかったのだ。

白状すれば、そんな言い訳をつけてでも、お徳のところに顔を出すことさえできなかった。らん顔をして、湊屋の思惑に乗ってやったっていいじゃねえか。先に進むのを遅らせたかったのだ。このまま知い。済んでしまったことに取り返しはつかない。面倒はごめんだよ。それで誰が困るわけでもな

これだから俺は人間が弱いと、平四郎は考えた。結局、役人の器じゃねえんだろうな。

三日目の朝には、ようよう雨は止んだ。それでも空は鈍色に曇り、ひどく冷え込んで、一足飛びに冬が来たような陽気だった。つい先頃までは大汗をかいて、やれところてんを食おうの金魚を飼おうの水浴びをしようのと言っていたのが夢のようだ。

平四郎は小平次を連れて、鉄瓶長屋に向かった。佐吉は家にはおらず、平四郎が木戸をくぐって裏長屋のどぶ板を踏んで行くと、奥の厠のまわりを箒で掃いて、濡れ落ち葉をかき集めているところだった。

とうとう店子がお徳たちだけになったと聞いて、心配して来てみたのだ――と切り出し

た。佐吉はいっそさっぱりしたような顔をして、やっぱり俺には差配人は務まらなかったんですと言った。

「先に出ていった店子は、何と言って出ていったんだ？」

「こんな墓場のような長屋にはいられないと。当たり前ですよ、旦那」

佐吉と一緒に彼の家に戻ると、長坊が、少しばかり手つきは危なっかしいが、まめまめしく茶を入れて運んできた。しばらく見ないうちにしっかりしてきたじゃねえかと、平四郎は驚いた。佐吉はそれを見守りながら、実に嬉しそうだった。長坊は佐吉に引き取られて幸運だったが、こうなってくると、長坊がいてくれて佐吉も幸運だった。少なくとも一人、それも寄る辺ない小さな子供を助けることはできたと、心の拠り所にすることはできる。

「湊屋の方からは、長屋のことで何か言ってきてるかい？」

大事な質問だからこそ、湯飲みをふうふう吹きながら、平四郎はあっさり訊いた。やがてどうしようもない時が来るまで、佐吉には、彼が押しつけられた役割について聞かせたくない。悟られてもいけない。

「湊屋の旦那は、お徳さんたちにも退いてもらって、長屋を壊すおつもりのようです」

そら来た。

「おまえ、直に湊屋からその話を聞いたのかい？」

総右衛門よ、どの面さげて、佐吉に向かってそんなことが言えたんだ。

「いえ、番頭さんから伺ったんです」

「それはもしかすると、苦み走った渋い男前の番頭かい？」

佐吉は目を見張った。「え？　いいえ、湊屋の番頭さんは三人いますが、二人はもう年輩者ですし、一人は——若いことは三人のうちでいちばん若いけど」

「男前ではねえ、と？」

佐吉は笑った。「まあ、そうですかね」

平四郎は考えた。そうすると、湊屋総右衛門の手先となってあちこちに立ち回っている〝湊屋の渋い男前の番頭〟とは、本当の番頭ではないのだろう。〝影番頭〟とかな。

「それで、おめえはどうするんだ？」

「どうって……また植木職に戻りますよ。それより先に、お徳さんたちの落ち着き先を探さなくちゃいけません。俺のことはどうにでもなるんだから」

何でもないような言い方をしているが、本当は気落ちしているのだ。当然だ。鉄瓶長屋は空になった。湊屋の真の目的を知らない佐吉にとっては、それはつまるところ、彼が差配人としては失格だった、総右衛門の依頼に応えられなかったということなのだから。

「湊屋の旦那には、久兵衛があんな形で出奔した後なのだから、誰がやったって駄目だったろう、気にするなと慰めていただきましたけど……」

「うん、俺もそう思う」平四郎は力を込めて同意した。「おめえはよくやった」

しかし湊屋も、よくまあそんな慰めを口にできたものである。

佐吉はひっそりと微笑した。「でも、俺も甘かったんです。もうちょっと世間知があったなら、最初から引き受けなかった」

「何かなあ、人が好いなぁ」

「だって旦那、俺はここで、いろんなことを教わりましたからね。来て良かったです」

「なあ、佐吉」

平四郎は湯飲みを脇に置いた。俺もつくづく迂闊だ。ここへ来て顔を見るまでは、長坊のことをけろりと忘れていた。

「植木職に戻って、長坊はどうする？　おまえが一人で育て続けるかい？」

「はい。いけませんか？」

佐吉は、あまりにも素朴に問い返した。

「いけなかねえよ。でもよ、おめえ、所帯を持ったらどうする？　おめえの女房になる女が、おめえと同じように喜んで長坊を育てるとは限らねえよ」

「ああ、それならもう話はしてあるんです。大丈夫です――」

そこまで言ってしまってから、佐吉は息を呑んだ。口が真一文字になっている。

平四郎はクツクツ笑った。「お恵っていうそうだな」

佐吉は真一文字の口のまま、だんだん、だんだん、赤くなった。

「王子のおみつの従姉だろ？　おみつを引き取って育ててくれている伯父夫婦の一人娘だ。武家屋敷への女中奉公は、もう明けたのかい？」

佐吉はまだ何も言えない。今や、生え際まで真っ赤である。

「おめえとおみつ、官九郎を使って文のやりとりをしてるだろ？　最初はどうやって、お恵と知り合ったんだ？　宿下がりをしてるときにでも、会ったのかい？　お恵とは、文のやりとりは――」

「旦那」佐吉はかすれた声を出した。傍らで無心に遊んでいた長坊が、びっくりしたように顔を上げて佐吉を見た。「旦那、なんでそんなことをご存じなんですか？」

「俺はいろんなことを知ってるんだよ、なにしろ小役人だからな」

平四郎はヘラヘラ笑った。戸口のところにしゃがんで煙草を吹かしていた小平次が、わざとらしくえへんと咳払いをしたので、

「こういうことは、みんな小平次が調べて来るんだ。密偵・小平次だ。その筋じゃ、地獄耳の小平次の通り名で知られてるんだ」

と言ってやると、いつものように「うへえ」と言った。

「おっかないなぁ」佐吉は顔の汗を拭うような仕草をした。この薄寒い日に、額と鼻の頭が光っている。

「おみつは、湊屋総右衛門の外腹の子供の一人だよな？」

「ええ、そうです。俺には妹みたいなもんですよ。湊屋の旦那にも、そういうふうに言われたんです」

佐吉が植木職としてようやく一人前になったころのことだという。王子に自分の娘がいる。伯父のところに引き取られているが、一人で寂しいこともあるだろう。おまえにとっても血の繋がった縁者だし、たまには子供の喜びそうな菓子でも持って、顔を出してやってはくれまいか——

「外腹の子は、ほかにもいるだろう？」

「噂ではね。俺は、おみつの他には知りませんよ」

佐吉は長坊の方に首をよじって、お徳さんのところへ行って、今日はお手伝いする御用はありませんかと訊いておいでと言いつけた。子供は素直に立って、ぱたぱたと外へ駆け出していった。

「おくめさんが寝込んだきりなので」佐吉は茶を入れ替えながら説明した。「ときどき、長坊を手伝いに遣っているんです。あの子じゃどうかと心配だったんですが、お徳さんは人を使うのが上手いですね。長坊がめきめきしっかりしてきたのも、実はあの人のおかげなんです」

平四郎はうんうんとうなずいた。佐吉のことも、長坊のことも、もう心配ない。頃合いだ。いちばん肝心な話を持ち出そう。

「実はな、佐吉。今日こうして邪魔したのは、ほかでもないそのお徳とおくめのことなんだよ」

佐吉の顔色は、話の頭のところを聞いているうちに、すうっと戻った。戻りすぎて、少しばかり白くなった。膝の上で拳を握っている。

「そうですか……」うつむいて、その拳に向かって言った。「お徳さんの心配は当たってしまいましたね」

「お徳の奴、おまえにもうち明けていたのかい？」

「ええ、つい最近ですが。おくめさんが寝込んでしまう、ちょっと前に」

平四郎は、根深い凝りのようなもののひとかけらが、心から出て行くのを感じた。おまえはお徳に、心底認められたんだな。立派な差配人だよ。そう言ってやりたかった。店子たちが出ていったのはおまえのせいではないのだと、もう少しで口に出しそうにさえなった。

「わかりました。俺なんかでお役に立つようならば、一緒に千駄ヶ谷のその先生のところに行きますよ。行って、なんとしても診てもらいます」

「ひょっとすると高いかもしれないんだが」

「かまいません。俺は貧乏だけど、長屋には金がありますからね」

平四郎がにらんだとおりだった。この半年のあいだに入った下肥料は、全部貯えてあるのだという。びた一文、遣っていない。

「おまえって奴は、お城の石垣より堅いんだな。金座の大秤の替わりが務まりますってなもんだ。やっと、人間大秤でござーい」

佐吉は吹き出した。「旦那、今日はやけに浮かれておられますね。どうしたんです？」

そうだ、どうして浮かれているんだろう。葵って名前の、佐吉のおっかさんに、もうすぐ会えるだろうから。それから全てをどう片づけるか、湊屋総右衛門と談判しなくちゃならねえから。そりゃ浮かれるわな。浮かれなきゃ、やってられねえわな。

「湊屋総右衛門てのは、どんな男だ？」

ふと、頭のなかの自分だけの考えにとらわれて、平四郎は脈絡から外れたことを訊いた。

佐吉は不思議そうに平四郎の顔を見た。

「どうって……立派な商人ですよ」

「女好きだ。そうだろ？　これからお恵を守って手堅く所帯を固めようと思う一人の男として、そのへんはどうだ。腹立たねえか」

佐吉は目をそらして、黙った。

「俺は腹は立たねえが、不思議だな」

そこまででやめておけばよかったのに、平四郎は思わず先を続けた。「総右衛門は、今さら誰を探していやがるんだろう」

「旦那？」

平四郎は立ち上がった。「どれ、お徳のところへ行こう。あいつに話して聞かせなきゃならねえ」

おくめは頭がぼんやりしているという。ときどき、譫言のようなことを口走るという。佐吉と長坊に煮売屋の店番を頼んで、平四郎はお徳を連れ、再び佐吉の家に戻っていた。

じっと座ってしゃべる——おくめの病に向き合うということが、お徳にはどうしても難しいらしく、盛んに手を動かして火鉢の灰を撫でつけたり、畳のささくれをむしったりする。そのくせ、こっちが割り込む隙などないくらいに、早口でしゃべりづめにしゃべる。

「あたしもよくよく考えてみたし、あの人からも聞き出してみたんだけどね。そしたらさ、旦那。昨日今日始まったことじゃなかったんだよ、あの人の病は。あんなふうに、あせもみたいにして、外から目につくところに吹き出してきたのは、この夏からこっちのことだけど、その前からあったんだってさ。脇の下とか、腿の内側とか、かくしどころとかにさ、できものがね、治ったりできたり、治ったりできたり——まったく、この家は火鉢を出すのが早いね。ぜいたくじゃないか」

「長坊がまだときどきおもらしをするんで、そういうときには火を熾すんだそうだぜ」

「あたし、怒ったんだよあの人に」

火鉢のことなどとっとと脇にどけて、お徳は口を尖らせた。

「何でもっと早く白状しなかったんだって。あたしんとこは食い物屋なんだからね。わかってたら、一歩だって家には入れなかったよ。そしたらあの人ったら、自分でも気にしてなかった、気がついてなかったって、困ったような顔するんだよ。殊勝ぶっちゃってさ、ごめんなさいね、なんてさ」

まったくはた迷惑な話だよと吐き捨てて、お徳はさらにひとしきり、空に向かって悪態を並べた。売女だのお引きずりだの自業自得だの罰当たりだの、自分の方がよっぽど罰当たりな言葉を、唾を飛ばして言い募った。

それから、いきなりわっと泣き出した。

「ねえ、旦那」涙をこぼしながら、お徳は平四郎に問いかけた。「あたしの、何がいけないんだろうね？」

「何って……なんだよ」

「あたしと一緒に暮らすと、みんな病にかかって、辛い思いをして死ぬんだよ。あたし何か良くないことをしたんだろうか。だから罰が当たってるのかね？　だったらあたしに当てて寄越したらよさそうなもんじゃないか。だけどあたしはいっつも元気なんだよ。亭主の時だってそうだった。あの人は身動きできないで寝てるのにさ。あたしはお腹が空くんだよ。おまんま食べるんだよ。風邪ひとつひかないんだよ。今度だってそうさ。おくめさんが何だかわかんないうわごと言ってるのに、あたしは芋の皮むいてるんだよ。毒虫に刺されたって、塩でもつけとけばひと晩で治っちまうんだよ。おかしいじゃないか。ね、おかしいだろ？」

お徳が両手で顔を覆って泣くのを、平四郎は黙ってながめていた。お徳のたくましい丸い肩が、彼女がしゃくりあげるたびに上下する。流れる涙と鼻水で、顎のあたりまで光っている。

それでも、やがてお徳は泣きやんだ。お徳のような人間は、いつも必ず泣きやむのだ。そのことぐらいは、女を慰める言葉を持たない平四郎にも判っていた。おまえは長くは泣いていられない女なのだという言葉が、励ましにもならないことも知っていた。

「千駄ヶ谷のその先生のところに、おくめを連れて行ってこいよ」と、平四郎は言った。「佐吉がついて行ってくれる。治療の見通しが立つまで、いくら泊まったっていい。金のことなら心配ない。佐吉が万端やってくれるからな。留守のあいだの長屋の方は、俺が預かる」

お徳は手の甲で顔を拭いながら、それでもわざとのように鼻先でバカにした。「なんだよ、旦那が差配をするっていうのかい？　やめときなよ、佐吉さんの半分も務まりゃしないよ」

平四郎は笑った。「違えねえ。だが、あいにく今の鉄瓶長屋は空っぽだ。閑古鳥の差配なら、俺でもできるってもんよ」

深川の茂七大親分の一の子分、岡っ引きの政五郎に頼むんだよと、平四郎は説明した。手下を寄越してもらって、留守番を頼むんだ。

お徳は頬に涙を残したまま、おぼこ娘のような眼差(まなざ)しで平四郎を見た。

「旦那でも、岡っ引きと付き合うことがあるんだね」

「おめえだって、お引きずりと付き合うことがあるじゃねえか」

お徳はくしゃくしゃっと笑った。「そうだ。嫌だねえ、お互い様だよ」

翌日のうちに支度を整え、政五郎に長坊を預けた。政五郎は気をきかせて、自ら鉄瓶長屋まで、おでこを連れて迎えに来た。長坊は不安そうだったが、佐吉が帰るまでのあいだのことだし、鳥の官九郎も一緒に政五郎親分のところに連れて行っていいのだとわかると、ようよう承知して佐吉の手を離した。

官九郎は、細いヒゴで作った鳥かごに、おとなしく収まっていた。そうしていると、どこにでもいる鳥などではなく、南蛮渡りの高価な鳥のように見えるところがおかしい。本人もそれと承知しているのか、妙にオツに澄ましている。

「旦那、旦那」

官九郎の入ったかごにぺったりと張り付いていたおでこが、珍しく平四郎に声をかけてきた。

「何だい？」

「あたいがこの鳥に触っても、長助さんは怒らないでござんしょうか」

「さて、どうかな。長助は怒らないだろうが、官九郎は怒るかもしれないぜ。それがあの鳥の名前だ。ちゃんと呼んでやれよ、賢い奴だから、そのつもりでいないとおこわにかけられるぜ」

あいあいと、おでこは恐れ入った。

佐吉は長屋を空けることを、湊屋に報せておきたいと言った。もちろん、平四郎は止めた。

「気持ちはわかるが、もしも報せて、おまえは行っちゃならんと叱られたら面倒だろ？　留守はちゃんと預かるから、ここは黙って出かけなよ。だってよう、江戸を離れるわけじゃないんだぜ。千駄ヶ谷なんざ、必要とあらば、おまえ一人の足なら半日もかけずに往復できるところだ。大丈夫だよ」

それでようやく、佐吉も折れた。

翌々日の明け六ツの鐘を聞きながら、佐吉とお徳とおくめは千駄ヶ谷に向かって発った。久しぶりにまともにおくめを見た平四郎は、驚きを顔に出さずにいるために、かなりの胆力を使ってしまった。元気なときのおくめの、半分ぐらいの嵩（かさ）しかないようにさえ見える。それでも平四郎がいると判ると、愛想笑いを浮かべようとしたが、目がちゃんと据わっていない感じがした。

おくめはかろうじて歩けるというくらいだから、道のりの大半は佐吉が背負ってゆくことになる。それでも大丈夫だと、彼は請け合った。

「それじゃ、行って参ります」

「旦那、しばらくのあいだ、留守番よろしくお頼みしますね」

三人を見送って、平四郎はしばし風に吹かれて突っ立っていた。俺はどこまでもどこまでもでくのぼうだという気がした。秋の空はしゃくに障るほど晴れていた。


佐吉の留守を預かるという名目が立ったから、政五郎と彼らの手下は、人目をはばかることなく鉄瓶長屋に出入りすることができるようになった。

政五郎が四、五人の若い手下を連れてきて、まず彼らにやらせたことは、長屋中の掃除である。そのあいだに、彼自身は近所の長屋の差配人たちや、木戸番や自身番や店屋の主人たちのところへ、手拭いを配ってまめまめしく挨拶して回った。ご縁あって親しくさしていただいてます佐吉さんに頼まれまして、若い者を掃除によこしました。鉄瓶長屋は店子が立ち退きまして、何分佐吉さん一人では手が回り切りません。このままではご近所様にもご迷惑でしょうから、あたしら一生懸命にやらしていただきます、どうぞひとつ、お見知り置きを願います――

平四郎は感心した。これを聞いただけでは、誰も佐吉が留守だとは思わないだろう。口八丁とは、このことだ。

「おめえ、本当に岡っ引きなのかい？」

平四郎がからかうと、政五郎はあっはっはと笑った。

若い手下たちは勇ましく袖まくりをして掃除を進め、お天道様(てんとさま)が中天から西に半分がた傾くころには、大体が片づいてしまった。長屋の空いた部屋の畳は全てあげた。押入の戸は開け放ち、唐紙や障子の張り替えや張り足しも済んだ。水瓶(みずがめ)は中身を空にして、それぞれの家の土間の隅に逆立ちさせ、ゴミは掃き出し、ねずみがチュウと出たところはついでに退治を済ませた。

仕事が済むと、政五郎は手下たちのうち二人だけを残して、ほかの者たちを帰らせた。この二人が、口の堅いしっかり者なのだろう。政五郎は彼らに対しては厳しく指図をしていて、彼らもまた当たり前のようにそれを受け入れていた。二人ともまだ二十代だろうと思われたが、頭を丸めたらそのまま坊主になれそうな、何かさっぱりといろいろなものを洗い落としたみたいな顔をしていた。

「それじゃ、参りましょうか。道具はもう、八百富に入れてあります。勝手口から入りましょう」

政五郎は言って、先に立って八百富へと向かった。平四郎は黙って彼らに続こうと足を踏み出したが、堀割にかかる橋の方から、誰かが騒がしくばたばたと駆けてくるのが目の隅に映ったので、そちらへと顔を向けた。

弓之助だった。短い足で、精一杯駆けている。あの通りの人形顔だから、真顔で走ってこられるとちょっと怖いようである。

弓之助は一人ではなかった。一緒になって走ってくる人物がいる。長身の——若者のようだが、筒袖の着物に総髪、袴(はかま)の裾を持ち上げている。医師の身なりである。

「叔父上——！」

弓之助が平四郎を認めて呼びかけてきた。政五郎がこっちへ引き返してきて、平四郎の顔を見た。

「いんや、俺はあいつには、今日掘ることを教えてねえ。見せたくないからよ」

政五郎はちょっとうなずいて、駆け寄ってくる二人の方を見やった。「あれは——お医者の先生のようですね」

「俺もそう思う」

何で弓之助が、医者と駆けっくらをしているのだろうか。

「叔父上、よかった、すれ違いにならなくて」息をはあはあさせながら、弓之助は足を止めた。そして連れの若者を見上げた。「こちらは相馬登(そうまのぼる)先生です。叔父上、牢屋医師の先生ですよ」

それで平四郎も目が晴れた。「ああ、若先生か！」

「初めてお目にかかります」端正な顔立ちの若い医師は、礼儀正しく頭を下げた。「組屋敷へお伺いしましたら、井筒様はこちらにおいでだと教えられまして、不躾(ぶしつけ)ですがお訪ねした次第です」

「ちょうど私がお邪魔していたのです。ご案内することができてよかったです」弓之助の顔が強張(こわば)っている。「叔父上、大変なことになりました」

相馬医師は弓之助にうなずきかけて、後を引き取った。

「昨日のことですが、巫女のふぶきが袋叩きにされまして、大怪我を負いました」

平四郎の心の臓が、腰のあたりまですうっと落ちた。

「昨日は、私は陽が落ちてからの泊まり勤務でして、牢屋敷に入って初めて事情を聞かされました。どうやら女牢で喧嘩沙汰があったようなのですが、それはどうせ表向きの帳尻あわせでしょう。ふぶきのほかにも怪我を負ったものたちが多数いますので、実際つかみあいの喧嘩があったことは間違いないのでしょうが――」

平四郎は短く割り込んだ。「ふぶきのことを、誰かに悟られたんだろうか」

「恐らく、そうだろうと思います。充分に気をつけたつもりでしたが、私の責任です」

医師の目が充血していた。徹夜で手当に当たっていたのだろう。

「早くお報せしたかったのですが、すぐにはふぶきの所在さえわからず――」

「所在がわからないって」

「牢内の便所の大壺に沈められていたのです。本人はまったく人事不省で、声をたてられるような様子ではなく、それで朝方まで居所がつかめませんでした。あと少し、見つけるのが遅ければ、あのまま汚物に溺れて死んでいたでしょう」

沈めた側は、当然それを狙っていたのである。牢内ではいろいろと浅ましい事が行われるが、便所がその舞台として使われることは、きわめて多い。人間は、必要とあらばどこまでも酷（むご）くなれるという手本である。

「えげつねえことをしたもんだ。それで、ふぶきは何とか助かりそうですかい？」

若い医師は額の汗を拭った。

「はい、今はまた溜（たまり）で眠っております。命は取り留めたようですが、駆け通しに駆けてきたらしい。まだ油断はなりません。作次によくよく頼んできましたし、これだけあからさまな事件となると、牢屋同心たちもうっかりしたことはできませんから、すぐにまた危ない目に遭わされることはないでしょう。ただ――」

相馬医師の若々しい顔が、急に曇った。

「私は今朝で勤務は明けとなり、明日の朝に交代するまでは、もう一人の牢屋医師にふぶきを預けておかねばなりません。井筒様はよくご存じと思いますが、今、牢屋敷はひどいことになっていて、私の同僚の医師は、そのなかにすっかり丸め込まれております」

「ええ、よく承知してますよ」

「心配なので、場合が場合だから続けて勤務すると言い張ってみたのですが、牢役人たちが許してくれませんでした。それでとにかく、地団駄踏んでいるだけでは始まらないと、こちらへ参上した次第です」

平四郎は歯噛みした。正次郎一人だけで、新たな人死にはたくさんだ。ぐずぐずしていた俺が悪い——

「そんな顔をしないでくださいよ、若先生。先生のせいじゃねえ」

平四郎の言葉を遮って、弓之助が平四郎の袖をつかんだ。「叔父上、それよりも、今は急ぎましょう。ふぶきさんを痛めつけた者たちが、何をどこまで聞き出したかはわかりません。でも、仁平にかぎつけられる危険が増したことは事実です。早く取りかかりましょう」

仏像のようにどっしりとおさまりかえってやりとりを聞いていた政五郎が、きびきびと声を出した。「坊ちゃんの言うとおりです。さ、旦那」

平四郎は動き出した。短い足を動かして追いついてきた弓之助が、小さい手でもう一度、平四郎の袖を強く引いた。

「叔父上が、これは私が見ていいものではないとお考えなのは承知しています」

平四郎は足を止め、真っ向から弓之助を見おろした。子供は凄絶なほど綺麗な顔をしていた。その瞬間、細君が口をすっぱくして、あの子を商人にして俗世間に置いてはいけないと言っていた理由が、平四郎にも鮮やかに理解できた。

「叔父上は正しいのだと思います」弓之助は続けた。「それでも私は、もう見てしまったも同様なのです。このところずっと、夢を見ます。叔父上、私にもお手伝いをさせてください。そうして、終わりにさせてください」

平四郎は子供の後ろ襟をむんずとつかんだ。

「よし、来い」

平四郎たちは掘った。掘りに掘った。最初は手下の二人が、若い力に任せてガンガン掘った。彼らは疲れというものを知らないように見えた。そのうちに、袖をまくり上げてむき出しになった彼らの肩が汗で光り始めた。それでも掘って掘りまくった。八百富の土間から始めて、畳を上げた床の下を、一寸刻みで掘り広げていった。すぐに見ているだけでは足らなくなって、平四郎も、政五郎が用意してくれた鋤(すき)を手にした。すると政五郎も加勢し、成り行きで立ち会うことになった若先生も参加した。弓之助も手伝いたがったが、もう道具が足らなかった。平四郎は彼に、掘り出した土を検(あらた)める仕事を割り振った。

一同は掘った。時を忘れて掘った。いつの間にか陽は傾き、八百富の戸口の障子を通して、茜(あかね)色の夕陽が射し込むようになった。皆、片肌脱ぎになっていた。

それなのに、何も出てこない。

「どういうことだ？」

平四郎はしゃがみこんだ。黄八丈の袖で顔を拭くと、汗と土埃の茶色のしみがついた。

「ここでは――ないということでしょうかね」

地べたに突き立てたつるはしの柄（え）に寄りかかって、政五郎も息を整えている。額も頬も、土をかきわける両手も真っ黒だ。「絵図を見ても、ここしかないのです」

「だが、これだけ掘って何も出てこないとなるとなあ……」

「提灯屋さんは、もっとうんと深く掘ったのかもしれません。あるいは、鉄瓶長屋を建てる時に、湊屋さんが深く埋め直したのかも」

弓之助は必死である。

「それとも、鉄瓶長屋を建てるときに、葵の骨も掘り出して――」

言いかけた平四郎を、泣き出しそうな勢いで弓之助が遮（さえぎ）った。「叔父上、それならどうして今になって、店子たちを追い出す必要があるのです？　筋が通りませんよ。葵さんはここにいるのです！　絶対ここにいるのです！」

「しかしなあ……」

平四郎は、黙々と鋤で土を突き崩している相馬医師の方を振り返った。

「若先生、十七年も経てば、骨なんざもろいもんですからね、崩れて土と一緒になっちまうなんてことはないですかね？」

医師は手を止めて、肘で顎を拭った。「そんなことは、まずありませんよ。土のなかならば、三十年でも四十年でも、骨はちゃんと形になって残ります」

「掘り出してあげないと、いけないです」

弓之助はべそをかいている。今ここでこいつが泣くと、またぞろさっきのような凄絶な顔になるやもしれず、それは見たくなかったので、平四郎は急いで近寄ると、弓之助の頭をごしごし撫でた。

「わかったわかった、わかったから、そうムキになるな」

そのとき、相馬医師が声を上げた。

「おや、これは？」

一同は、飢えた狼が野兎(のうさぎ)の足音を聞きつけたように、一斉に首を振り向けた。

若先生は地べたに片膝をつき、左手で鋤の柄を支えて、右手で何かをつかんでいた。すぐと、左手が鋤の柄から離れ、それはぱたりと倒れた。若先生にはそれも聞こえていないように見えた。彼は両手で、手のなかのものから土を払い落としていた。

「これは——」

言葉が続くよりも先に、平四郎はそれを見た。弓之助も見た。政五郎たちも見た。

顎——下顎だ。歪んだ半円で、歯が並んでいる。とても小さいが、でも——

「顎の骨だ」と、弓之助が震える声で言った。

突然、がらりと勝手口の戸が開いた。

「いやあ、ご苦労さんでござんすねえ」

野卑な声だった。聞き間違えようのないその響き。平四郎は顔を上げて、まぶしい西陽に目を細めながら、声の主を確かめた。

仁平だった。あの猫背で、戸口のところに立っている。じっとしていれば男前の内に入る顔いっぱいに、ひん曲がったような笑いを浮かべている。

「見つからないんじゃァネエかと、気を揉みましたよ。やァ良かった、良かった」

仁平はズカズカと入ってきた。彼の肘にくっつくようにして、相撲取りと見まがうばかりの体格のいい男が一人、一緒に八百富のなかに踏み込んできた。なるほど手下は親分の人となりを映す鏡だと、平四郎は、今この場ではどうでもいいようなことを考えた。政五郎の手下は政五郎を映す。仁平の手下は仁平を映す。本人を見るよりよく判るってもんだ。

「そいつは何ですかい？　え？　骨でやんすね、骨」

仁平は嬉しそうにクツクツ笑い、身体を震わせながら若先生に近づいてゆく。そして、今初めて気がついたとでもいうように、彼の顔をうかがい見て、大げさに驚いた。

「おや、こりゃまた相馬先生じゃございませんか。奇遇だねえ。先生は井筒の旦那とお知り合いなんで？　お忙しい身体だっていうのに、町方の探索事にもお付き合い下さる。奇特な方だねえ」

弓之助は土のなかにぺたりと座り込んで、世にも珍しい見世物を見るように、仁平を眺めている。彼の色褪せた縞の着物は、たぶん浅黄色か草色なのだろうけれど、夕陽に染まって妙に赤く見える。

「この骨は、湊屋総右衛門の姪——十七年前に行方知れずになったきりの、葵という女の骨だよねえ、先生。いや井筒の旦那。どっちにお伺いをたてればいいんでしょうね？」

相馬医師が静かに言った。「私は詳しい事情を知らないが——」

医師の言葉を遮って、仁平はまた大仰に手を広げて驚いた。「おや、ご存じない？　それじゃ先生、これから先がお楽しみだ。湊屋総右衛門とお内儀のおふじの罪が暴かれるんですよ。何から何までね。すっかりねえ。白日の下にさらされるってやつだよ」

相馬医師は、下顎の骨を右の掌にそっと載せたまま、首を振った。「しかし——」

「若先生は黙ってなさいよ」仁平は不躾に鼻先で言った。「井筒の旦那は先刻ご承知だ。ねえ、旦那？」

平四郎は訊いた。「おめえはどこまで知ってるんだ？」

仁平は不敵に顔をひん曲げて笑った。嘘つきは口が曲がるという謂われは本当のことであるらしい。

「旦那と同じくらい、よく存じてますよ」

「しかし——」相馬医師がまた割り込もうとして、仁平はぐいと前に出た。

「若先生は黙ってろと言ったんですよ！」

相馬医師は、まるで正気を疑うかのように、生真面目な顔で、まじまじと仁平の目をのぞきこんだ。

「確かに私は事情を知らぬが、あなたも早合点をしているようだ」

さすがに、仁平もわずかにひるんだ。「な、何だって言うんだよ？」

「あなたはこれが――その葵とかいう人の骨だと言うようだが」

「そうだよ、そうに決まってるじゃねえか」仁平は両手を振り回して、平四郎たちを指し示した。

「井筒の旦那がこんな大げさなことをして、ここのちんけな地べたを掘り起こしていなさるのは、その女の骨を見つけるためだったんだ！」

悔しいがそのとおりだ。まったくしつこい奴だ。頭の裏側にも目があるんじゃねえのか？

平四郎はそんなことを考えた。湊屋も、これで終わりか――

「しかし――」相馬医師は、依然として生真面目な顔をしている。だが、口元が少しほころんで、どうやら面白がっているようにも見えるのだ。

「しかしね、これは人間の骨ではないよ」

その言葉が仁平の耳に届くのに、心の臓がふたつ打つほどの時がかかった。

「な、なんだって？」仁平は、さっきまでのにやにや笑いの時とは逆の方向に顔をひん曲げた。「何寝ぼけてるんだよ、先生」

「寝ぼけているのは私ではない。あんたの方だ」相馬医師は手の上の顎の骨を、仁平の鼻先に突きつけた。

「よく見なさい。これは確かに下顎の骨だ。だが、ここのところに牙（きば）がある」

平四郎たちも立ち上がって、一斉に相馬医師に近づいた。弓之助だけは、まだ腰を抜かしたように座り込んでいる。

相馬医師は、指先で顎の骨の一角をつついて見せた。「ごらん、これだ。先が折れてしまっているのでわかりにくいかもしれないが、これは牙だ。間違いない。それに、ほかの歯の並び方や、形を見るだけでもよくわかる。これは人間の下顎の骨ではないですよ」

人間の骨ではない。

「犬の骨です」と、相馬医師は言った。「ざっと見ただけだから、確かなことは言えないが、さあ二十年以上は昔のものではないだろうか。死んだ犬の骨が、ここらに埋もれていたのですよ」

一同は、しいんと静まり返った。

ごほんと、政五郎が咳をした。それから言った。「こいつは恐れ入った」

それで縛りが解けた。平四郎は笑い出した。政五郎の二人の手下も笑い出した。仁平は口をあわあわさせている。彼の手下は、ちっこい目をぱちぱちさせている。

「おい先生」仁平はあわてて凄んだ。「こっちが下手（したて）に出てりゃ、いい気になってなめた真似をしてくれるじゃねえか」

「私はなめてなどいない」若先生は、どこまでも真面目だった。「ただ、犬の骨だから犬の骨だと言っているだけだ」

「ごまかすんじゃねえ！」仁平は右袖をぱっとまくり上げ、若先生に詰め寄った。

「ごまかしてなどいない。私は医師だ。人間の骨と犬の骨を見間違えたりはしない。何なら、ほかの医師にも訊いてみたらいい」

「そんなごたくは――」

唾を飛ばしてがなる仁平のそばに、いつの間に立ち上がったのか、弓之助が近づいていた。両目が見開いて、頬からは血の気が引いている。まさに生人形（いきにんぎょう）だ。

「な、なんだよ！」

仁平が後ずさりした。弓之助は、仁平の顔など見ていない。ただ彼の、袖をまくり上げた右腕を見つめていた。

「これは何です？」と、歌うように、彼は問いかけた。「この傷痕は何ですか？」

平四郎はのしのしと仁平に近づいた。弓之助の言わんとすることが、目の前に提灯を掲げられたみたいにはっきり見えたのだ。

仁平の右腕の、内側の柔らかいところに、一対の歯形が残っていた。治りかけだが、よほど強く嚙まれたらしく、歯の数を数えられるほどにくっきりとついている。

「こりゃ、痛かったろうなあ、仁平」平四郎は言って、ぐいと彼の手首をつかんだ。

「誰に噛まれたんだい？　犬じゃなさそうだよなあ」

仁平の顔から、見る見る色が消えた。口元が忙しく右へひん曲がったり左へひん曲がったりした。

「ね、ね、ね」

「猫に噛まれたのかい？」

「俺は——旦那、なんで俺のこんな傷なんかが」

「先に一ツ目橋のところにあがった土左衛門がな」平四郎は噛んで含めるように言った。「手ひどい拷問を受けて殺された様子だったんだが、歯が汚くてな。ちょっとひどい汚れでよ。それで俺たちは考えたんだ。こりゃひょっとすると、痛めつけられているあいだに、下手人に噛みついたんじゃねえかってよ」

「へえ、そうですかい」仁平は目をぎらぎらさせながら笑った。「そりゃ大変だ。俺も探索のお手伝いをしましょうか」

「うん、手伝ってくれや」平四郎は、骨も砕けよとばかりに強く、仁平の腕を握りしめた。「幸い、その土左衛門の歯形をとってあるんでな。おめえ、ちょっと来てこの傷痕と比べさせてくれや。そうすりゃ、いっぺんで片がつくってもんだ」

平四郎は、仁平を見据え、口元だけでにっこり笑った。いつの間にか、政五郎と二人の手下が、仁平のまわりを取り囲んでいる。

「そうか。正次郎から聞きだしていたのかい。確かにおめえは、頭がいいな。元は『勝元』の奉公人で、鉄瓶長屋で騒動を起こした過去のある男に目をつけるなんざ、な」

仁平は逃げだそうとした。政五郎たちがわっと飛びかかった。そのとき、弓之助がきゃあと女の子のような声をあげた。平四郎が振り返ると、相撲取りのような大柄の仁平の手下が、背後から弓之助の首っ玉を抱えて、その鼻先に合口(あいくち)を突きつけている。

「親分、を、離せ」でっかい手下は、あまり言葉を知らないようで、その凶暴そうな顔の割には、稚拙な口調でそう凄んだ。「早く、離せ」

弓之助は首を絞められて、今にも息が止まりそうだ。総身がでかすぎて頭まで血の巡らないこの手下は、手加減を知らないばかりに、大事な人質のはずの弓之助を、この場で絞め殺してしまいそうだ。

とっさには、平四郎たちは身動きできなかった。政五郎が、そのままじゃその子は死んでしまうぞと怒鳴った。でっかい手下は、バカの証拠に、それを聞いてますます弓之助の首っ玉を締めつけた。そしてじりじり後ずさりしてゆく。

「でかした!」仁平が戸口の方へと駆け出した。「お気の毒でしたね、旦那」

これで総右衛門はおしまいだ——天井を突き抜けるような高笑いが、仁平の喉からほとばしり出た。頭の足らない手下は、一瞬だけその笑い声に気をとられ、腕が緩んだ。

「きゃあ!」と、弓之助はまた叫んだ。叫びながら手下の腕の肉に嚙みついた。今度は手下がうぎゃっと叫んだ。一瞬、弓之助をもぎ離す。弓之助は前に逃げる。しかし手下も大したもので、すぐに腕を伸ばし、身体ごと弓之助に飛びかかって押さえ込みにかかる。

弓之助は逃げるどころか、丸太のような手下の腕を両手でつかんだ。そして、えいやっと声をかけると、いきなりしゃがんだ。つかまえるべき弓之助にしゃがまれて、でっかい手下は勢い余った。弓之助はその勢いに、ただ道をつけてやればよかった。手下は勝手に宙に飛んだ。

平四郎たちの目の前で、でっかい手下は背中から地べたに落ちた。白目を剝いている。

すかさず政五郎たちが動いた。仁平は結局、八百富から一歩と外へ出られなかった。

「おめえ、強いんだな」

平四郎は弓之助に駆け寄って、その頭に手を置いた。足元に、でっかい手下の取り落とした合口が転がっていたので、拾い上げた。

「こんなでかぶつを投げちまったぜ」

弓之助は息をはずませ、目を輝かせて、伸びてしまった仁平の手下を睨んでいた。

「私の剣術の師匠は――」と、いささか裏返った声で言った。「町人の子に、筋目正しい剣術など教えられぬとおっしゃいます。教えられるのは護身術だと。たいへん厳しい師匠ですので、私はいつも痣だらけです」

そういえばそうだった。無駄ではなかったというわけだ。

「でも叔父上」

捕らえられ、ねじ伏せられた仁平がわあわあ騒いでいるので、弓之助の声がよく聞こえない。平四郎は屈み込んだ。

「何だ？」

「私は——とてもとても怖かったです」

平四郎は、弓之助の足元を見た。なんだか、そこだけ雨が降っている。

弓之助の顔を見た。目に涙が溜まっている。上も雨、下も雨だ。

平四郎は、弓之助の肩をぽんと叩いた。

「ま、しょうがねえ。昼日中(ひるひなか)から夢を見て、おねしょをしたとでも思いなよ」

「はい、申し訳ありません」

弓之助はえーんえんと泣いた。仁平は喚(わめ)いている。政五郎たちは笑っている。若先生は犬の骨を調べている。

## 十三

柿食って　どこの犬の骨

——字足らず。

井筒平四郎は、縁側に寝そべっている。今朝は朝から曇りがちで、鳥の声も心なしくぐもって聞こえるようだ。

頭の脇には、食い散らした柿の種ばかりが残った皿が一枚。河合屋が、初物だと女中に持たせて寄越したものである。まだ甘さは浅かったが、コリコリした朱色の実には、確かに秋の味がした。

遣いに来た河合屋の女中の話では、弓之助は昨夜から熱を出して伏せっているという。高い熱ではないが、本人はどうも気がふさいでいるようで、元気がないそうだ。昨日の今日で、やはり疲れたのだろう。お洩らししたことが、河合屋の両親にばれては可哀想なので、ここで着替えさせて帰したのだが、身体が冷えたのかもしれない。

平四郎はごろごろと寝ころんだ。市中見廻りもあり、出仕して相役と話し合わねばならないこともあり、溜まっている書き物もあるのだが、どうにもしゃきっとしない。昨日の慣れない力仕事で、腰がまたちくと痛む。

お上から十手を預かっているなどと、威光をかさにきてぶいぶい言わせる手合いはみんな似たようなものだが、いったん受け身に回ると、仁平は実にもろかった。番屋に引っ張られ、弓之助がうどん粉を丸めて取った歯形と、仁平の腕に残った歯形を照らし合わせて、そらこの通りだぴたりと合うと責め立てられると、あっさりと正次郎殺しを白状した。そして平四郎の袖にすがらんばかりに、確かに正次郎を殺しはしたが、あれは拷問の結果運悪くそうなってしまっただけで、最初から殺すつもりはなかった、そもそも拷問にかけたのだって、湊屋の悪事を暴くためだった、それは旦那だってよくご存じでしょうと、割れたような声で訴えかけた。

平四郎は惚けた。湊屋の悪事ってのは何だ？　俺は知らんぞ。総右衛門の姪の葵？　誰だそりゃ？　ふうん、十七年前に湊屋を出奔してるのか。そりゃ、多情な女なんだな。またそういうのに限って、男好きする年増だったりするからなあ。え？　だったら何で八百富の下を掘ってたんだって？　政五郎に聞いてないのかい？　あすこの差配人の佐吉から、政五郎たちは留守を頼まれてるんだよ。それで昨日は手下をあげての大掃除だ。そしたらよう、虫があっちこっちに巣をくっていやがって、このままじゃ建物が食い荒らされるかもしれねえってな。どうもその虫のでっかい巣が、八百富の下あたりにあるらしいってにらんで、それで掘ってただけの話よ。俺も佐吉にはいろいろ頼まれてるからな。まあ、このとおりの昼行灯で暇な身体だから、腹ごなしに助けていたんだ。なに、嘘つき？　おいおい、なんで俺がこんなバカバカしいことで嘘をつくもんかよ。おめえ、頭にすが入ってるんじゃねえか？　いっぺん相馬先生に診てもらっちゃどうかね。

仁平が平四郎と取引をしたがっているのは見え見えだった。最悪でも、自分が人殺しとして裁かれるならば、総右衛門も道連れにしてやるのだという意欲も感じられた。どこまでも執念深い男である。

昨夜は、その執念をたぎらせながら、一ツ目橋のところの番屋で、柱にくくりつけられて夜を過ごしたはずである。政五郎たちに見張りを頼んであるので、心配は要らない。仁平のおかげで手柄をあげた町方役人も少なくはないので、平四郎が彼を捕らえたという話が広がると、事情を知りたがったり、目こぼしを頼んできたり、あれは役に立つ男だから見逃してやれと圧迫してきたり、まあいろいろな反応が起こることが考えられる。誰かが何か言ってきたら、すぐに教えてくれと、政五郎には頼んである。

しかし、今のところは何の動きもない。

普通は、岡っ引きやその手下が牢屋敷にぶちこまれるような羽目になると、囚人たちからよってたかって、いっそ殺してくれと叫びたくなるような目に遭わされるのがならいというものである。が、仁平の場合はちょっと事情が違う。なにしろ、牢屋敷ではいい顔だった男である。うっかり放り込んだら、かえって楽をさせる羽目にもなりかねない。そうでなくても、下手な根回しでもされては事だ。番屋につないでおくのが得策だろう。

それよりも何よりも、彼が声を嗄らして叫ぶ「湊屋総右衛門の過去の悪事」について、その真相をはっきりさせておかねば、危なくてほかの役人たちを近づけることなどできはしない。だから平四郎にとって、葵の件を解決するということは、昨日までよりもっとずっと切実な課題になっているのである。

だが、骨は出てこなかった。少なくとも、八百富の下からは。どこか、別の場所なのだ。

――結局、全部掘ってみるってしかねえか。

そうなると大事だ。人目にも立つ。佐吉だって、おくめの治療の見通しが立てば、すぐにも戻ってくるだろう。彼の耳にも話が入る。当然、湊屋にだって知れる。

すべてを表沙汰にしなければ、それだけ大がかりなことはできないだろう。

平四郎は自問する。いいじゃねえか、湊屋総右衛門がどうなろうと。おふじがどうなろうと。自分のやったことが自分の身に返るだけの話だ。

確かに、仁平は嫌な野郎だ。てめえの手柄のために、大勢の人びとを、突かれると痛い弱みを抱えている人間たちを踏みつけにしてきた。政五郎が「岡っ引きの風上にも置けねえ」と憤るのも、心情としてはよくわかる。

だが、だからといって湊屋だけは手つかずで、仁平ばかりにお咎めを――というのも、やっぱり片天秤じゃないか。

それでも平四郎は、今さらのように考える。俺が湊屋の葵の一件を表沙汰にしたくねえと思うのは、別に総右衛門とおふじが大事なんじゃなくて、これには関わってる人間が多いからなんだな。佐吉はもちろん、娘のみすず。鉄瓶長屋の元の店子たち。とりわけお露と富平。お律。そして元の差配の久兵衛。お徳とおくめ。提灯屋の夫婦。湊屋と「勝元」の奉公人たち。

事が暴かれて、得する者は一人もいない。驚いたり傷ついたり、生業を失ったり、自分も何らかの罪を受けることになるような者たちばっかりだ。

そこんところが、仁平とは全然違う。人間は孤独(ひとり)だと損だってことだ。

やっぱり、放っておけば良かったかなあ。柄にもねえことに手を出したもんだよ。こうなるともう、俺なんかの手には負えねえよなあ。そう呟きながら、またごろごろと寝転がると、唐紙がつと開いて、細君が顔を出した。

「あなた、お客様です」

「誰だい」

「鉄瓶長屋の差配人の久兵衛さんですわ」

平四郎はむっくり起きあがった。

細君は上機嫌である。

「すっかりご無沙汰をいたしましたって、あなた、それはもう見事な秋刀魚(さんま)をお持ちくださいましたのよ。あなたお好きでございましょ、秋刀魚」

久兵衛はひと回り小さくなったように見えた。しかし押し出しは悪くない。着物と羽織は、どちらも仕立てて間もないもののようである。

「いい織りだね。誰の見立てだい?」

開口一番、平四郎はそう訊ねた。久兵衛は平伏していて、顔を上げようとしない。

「鉄瓶長屋のまわりであんたを見かけたって噂を聞いたことがあった。雨の日にちょきの舳先に乗ってたってさ」

久兵衛はまだ頭を下げている。

「お露と富平にも会ってたんだろう？　俺は二人が猿江へ移ってからは顔も見てねえが、富平は一時持ち直していたそうじゃねえか。今はどんな具合なんだろうな」

細君が茶菓を運んできた。久兵衛は一度頭を上げて、また平伏した。細君は、まあそんなにかしこまらないでくださいましな、それにしてもお久しいですね、お元気でしたかなど と、茶菓と一緒にひとしきり愛想も並べて、ようやく出ていった。

「あれは世間のことは何にも知らん女だからな」と、平四郎は湯飲みを取り上げながら言った。「しかし、あんたがとっくに鉄瓶長屋の差配人をやめていたことさえ知らなかったとは、俺も知らなかった。まあ、家のなかじゃそんな話はせんからな」

「井筒さま」久兵衛は思い詰めたような顔をして、やっと面を上げた。「井筒さまは、手前などが何を申し上げなくとも、もうすべてご承知のことと存じます。手前のしでかしました不始末については、重々お詫びを申し上げねばならないと、かねてから心苦しく思っておりましたが、しかし今日のところは、手前は主人湊屋総右衛門の使いとして参りました。ですからまず、主人より言付かりました事を申し述べさせていただきたく、お目通りを願った次第でございます」

町人の身でも、必要があって羽織を着る者には、それだけの威厳がある。そういうことを、平四郎は初めて目の当たりにした。正直に恐れ入った。これが久兵衛の顔なのだなと思った。こりゃやっぱり、佐吉にはない芸だったな。

ふうんと、間の抜けた返事をしようと思ったが、さすがにできなくて黙っていた。すると久兵衛も黙っている。黙ってまた平伏してしまった。

「まあ、その」と、手持ちぶさたになって顎を撫でた。「どうぞ、やってくんな」

久兵衛は笑わなかった。平四郎の知っている鉄瓶長屋の差配人久兵衛は、もうここにはいなかった。豆腐屋の豆夫婦を叱りつけたり、煮売屋の店先でお徳に相談事を持ちかけたり、屋根にあがって修繕している店子たちを、下からしんばり棒を振って指図したり、犬を虐める子供らにゲンコツを喰らわしたりしていた久兵衛は、小さく小さくたたまれて、目の前の久兵衛の着ている着物の袂の隅っこにでも、しまいこまれているようだった。

「湊屋さんは、何て言ってるんだい？」

平四郎が訊ねると、久兵衛は言った。「主人総右衛門は、ぜひとも井筒さまにお目にかかりたいと申しております」

平四郎は指で鼻先を指した。「俺に？」

「はい」久兵衛はやっと、真っ直ぐに平四郎を見た。

「言うまでもないが、鉄瓶長屋のことで——なんだろうな？」

「はい」久兵衛ははっきりと返事をした。「そのとおりでございます」

平四郎は、さっき口に出せなかった分もまとめて、心のなかで「ふうん」と言った。

言われてみりゃ、これがいちばんまっとうな方法なんだ。なんで自分で考えつかないもんかね。湊屋総右衛門に、どんとぶつかる。いいじゃねえか。

「こっちから会いに行ったってよかったんだがさ。まさか会ってくれるとは思わなかったもんでな」

平四郎がヘラヘラ笑ったが、久兵衛はつられなかった。それでも、心なしか眉間のあたりが緩んだようだ。

「今宵でも……よろしゅうございましょうか」

「いいとも」

「それでは、迎えの者を寄越すことにいたします。何卒、よろしくお願い申しあげます」

ひとつ深く頭を下げて、

「このたびの不始末は、手前ども、申し開きのできないことばかりだと存じております。井筒さまには、余計なお手間ばかりをおかけいたしました」

一息にそう言うと、それでは私はこれでおいとまを——と、久兵衛はまた平伏した。彼が帰ってしまうまで、平四郎はとうとう、「それであんたは元気なのかい？」という簡単な問いを、投げかけることができなかった。

陽が傾いたころ、約束通り、湊屋から迎えの者がやって来た。四十ばかりの苦み走った渋い男前。

その顔を見て、平四郎はまた驚いた。湊屋の半天を着た、例の〝影番頭〟である。

「柳橋のたもとの船宿から、船を仕立ててございます。駕籠を待たせておりますので、どうぞ」

平四郎はそれなりにあれこれ考えた挙げ句、結局役人の羽織は脱いでいた。着流しだと、影番頭の半天姿に太刀打ちできないような感じがして、妙な気分だった。

道々、影番頭は平四郎の乗った駕籠のすぐ脇を歩いていた。平四郎は何度か彼に話しかけようと思ったのだが、駕籠の覆い越しに声をかけるためには、バカに大声で呼ばわらなくてはならない。結局、黙って揺られていた。

柳橋に着いたころには、すっかり夕暮れとなり、西の空に一番星が輝いている。影番頭が提灯に火を入れて、平四郎の足元を照らしながら案内した。提灯には屋号もなく、まったくの無地である。

短い桟橋の先に、一艘の屋形船がもやってある。船頭は頭を手拭いに包み、彼誰時にもよく目立つたくましい二の腕を露わにして、棹にもたれて舳先に立っている。その脇にしゃがんでいた人物が、平四郎を見て立ち上がると、深々と一礼した。久兵衛であった。

平四郎は桟橋に進む前に、つと足を止めて、影番頭を振り返った。そして訊いた。「お律は元気かい？」

提灯も揺れなかったし、影番頭の表情も変わらなかった。平四郎は続けて訊いた。

「あんた本当に番頭さんかい？」

今度は、影番頭の顔がちょっと笑った。しかし何も答えず、提灯を持った腕をいっぱいに差し出して、平四郎のまわりを照らした。

「どうぞ、足元にお気をつけ下さい」

柳橋を出るときは、屋形の内では、平四郎と久兵衛の二人きりだった。酒肴の膳が用意してあって、羽織ではなく湊屋の半天を着た久兵衛があれこれと勧めて世話を焼いてくれたが、さすがの平四郎も、飲み食いする気分にはなれなかった。

黙りがちな久兵衛と二人では、間が持たない。平四郎は、今夜こうして湊屋総右衛門と会うことは、岡っ引きの政五郎には報せてあるということ、湊屋総右衛門の話がどういう内容であろうと、平四郎には、それを彼らにも伝えなければならない義理があるということ、政五郎は仁平にかかりきりでいるが、仁平はいまだに意気盛んに葵殺しについて吹いており、それさえ暴ければ、自分の正次郎殺しの咎など消えると言っている——というようなことを、ぽつぽつとしゃべって聞かせた。何を聞かされても、久兵衛は黙って恐れ入っているばかりだった。先に会ったときの威厳は、この船の上には持ってこなかったようだ。それとも、湊屋の半天のせいだろうか。同じ半天が、影番頭には平四郎が気圧されるような力を与え、久兵衛からは威厳を取り去る。

燗酒がすっかり温くなったころ、船がぎいときしんでどこかの岸に泊まった。久兵衛が平四郎にことわりを入れて、障子を開けて舳先へ出ていった。

船が再び漕ぎ出される。座っていても、水の流れと、それに逆らって進む船頭の腕力が感じられるようだ。

障子が開いた。窮屈そうに身を屈めて、久兵衛よりもずっと背の高い男が屋形船のなかに入ってきた。

それが湊屋総右衛門だった。

向き合うと、思いのほか若々しい顔だった。五十路半ばのはずだが、口元のあたりなど、妙に甘いというか緩いというか、なるほどこりゃ女好きのする顔だなあと、平四郎は感心した。あれこれ観察するのに忙しくて、総右衛門が挨拶をしているのも、耳の端で聞き流していた。

平四郎が羽織を着るか着流しで行くかで迷ったように、総右衛門も着物を選んだのだろうか。男はそういうことを、あまり気にしないものなのだろうか。商人はまた別か。それにしてもいい着物だ。縮緬だろう。単衣と袷の切り替えの難しい季節だが、これはどっちかね？ これの端切れをもらって持ち帰れば、女房が喜んで上等のふくさを縫うだろう。しかしこの髷の結い方は少し後ろすぎねえか？ 総右衛門は面長だが、本人はそれを気にしてるんだろうかね？

「井筒さま」

呼びかけられて、平四郎は勝手な物思いから覚めた。呼んだのは久兵衛だった。

「おう」と返事をしたら、妙に威勢がよかった。「いや済まねえ。ちくと酔ったようだ」

「いや、船によ」平四郎は言って、座り直した。湊屋総右衛門はわざとそうしているのか、表情らしいものを一切消していた。

「御酒を召されてませんが……」

「それで、忙しい湊屋さんが、わざわざ俺に話があるというのはいったい何だい？」

総右衛門はちょっと半眼になり、瞼の下で目を動かした。

「俺の方も、あんたに話を聞ければ都合がいいと思ってたところだったんで、有り難いお申し出だったんだがね。それだって、こんなに気を遣ってもらうこたぁなかったが」平四郎はざっと酒肴を示した。「俺はまあ半端な小役人だから、もらえるものはもらうけれども、もらいすぎは怪我の元だからな」

あっはっはぁと笑って、平四郎はどうやら俺はアガっているらしいと気がついた。やっぱり、器が小さい。弓之助を連れてくりゃよかったかな。

軽く咳払いをして、湊屋総右衛門は口を開いた。「井筒さまは、持って回ったことがお嫌いだと、かねてから久兵衛より聞かされておりましたので、失礼を顧みず、今宵はこのような不躾な座を設けさせていただきました。ご不快がございましたならば、この総右衛門、幾重にもお詫び申し上げねばなりません。どうぞお許しを」

言葉は丁寧だが、あんまり詫びているようには聞こえなかった。まあ、これだけの商人になると、謝るなんてこととは縁が切れて久しいのだろうから、仕方あるまい。ただ、響きのあるいい声だった。坊主になってもよかったろう。

平四郎はうなじをかいた。「おおせのとおり、俺は持って回ったことは苦手だ」

総右衛門は黙って平四郎を見つめている。久兵衛は縮こまっている。

「それだから、とっといこう。湊屋さん、あんたはどうして、わざわざこの久兵衛さんを使って、佐吉も使って、手間暇と金もかけて、鉄瓶長屋から店子たちを立ち退かせようとしてきたんだね？　俺にとっては、正直なところ、それさえわかれば後はおまけみたいなもんなんだがな」

初めて、総右衛門は微笑んだ。この男は大笑いというものはしないのだろうと、平四郎は思った。微笑むだけで、全部用が足りる。

「井筒さまは、それをどうお考えで」

静かな問いかけだった。平四郎はうんと言った。船がゆっくりと右へかしいだ。平四郎たちの身体もかしいだ。水流が感じられて、なんだか腰のあたりが重いなと思った。

「俺は話が上手くねえから、判らなかったらその都度割り込んで訊いてくれよ」

そう前置きしてから、話を始めた。

弓之助ならもっと手際がいいんだろうがな。政五郎もしゃべり慣れていそうだ。しかし、こうやってまともに、自分の考えたことややったことを他人様に説明する機会なんて、そうはあるもんじゃない。下手でも仕方ないが、難しいもんだ。

総右衛門は、平四郎の話が前後してもつれると、実に上手く問いを投げて舵をとった。平四郎はそのたびに感心した。しゃべるとさすがに喉が渇いたので、冷めた酒で喉を潤したが、酔わないように気をつけていた。

平四郎が話せることをすっかり並べ終えるころには、久兵衛はもうひと回りぐらい小さくなってしまっていた。とりわけ彼がぐらぐらと強く揺れたのは、八百富の太助殺しと、それ以前の正次郎による久兵衛への襲撃の件を語っているときだった。二、三度久兵衛は目を閉じた。そして平四郎が、太助を殺したのは誰だかわからない、お露は、自分が兄を手にかけたという話をこしらえてお徳にうち明け、鉄瓶長屋のツボであり心であるお徳にそれを信じ込ませ、そうすることで久兵衛を、ひいては湊屋の筋書きを助けたのだと説明すると、そのときは、つと顔を上げて、何か言おうとして、また黙った。

「立派な差配人の久兵衛さん、あんたが鉄瓶長屋を飛び出すには、疑いの余地のない作り話が要りようだった。後に来る佐吉がどんなに頑張っても、お徳を頭にする長屋のかみさんたちが、そう簡単には佐吉に気を許さないような仕掛けも要りようだった。一昨年に、正次郎があんたを襲ったときに、その芝居が上手く行っていれば、二度目は要らなかったのに、一度失敗したばっかりに、もっと手の込んだ筋書きをつくらなきゃならなくなった。人を騙すってのは、難儀なことだよ」

平四郎はくたびれてきた。話しているうちに、船が妙に揺れるようになってきた。腰が重たい。

「湊屋さんよ」平四郎は訊ねた。「葵はどこに埋まっているんだね？　それがわからないことには、俺たちも——あんたも——もう手詰まりだよ」

船はどうやら旋回しているようだ。舳先を戻して、桟橋へと帰るのだ。

湊屋総右衛門が、静かに言った。「葵は死んではおりません。生きております。ですから、鉄瓶長屋の地所には、何も埋まってはいないのです」

ぱしゃんと、障子の外で水音がした。

その一点を除けば、平四郎たちの考えは、すべて中たっているという。

恐れ入りましたと、総右衛門は頭を下げた。とりわけ、弓之助が、葵とおふじが話し合いのために落ちあったのは提灯屋の離れであろう、そこでもめ事が起こり、葵の亡骸もそこに埋められて隠されたのだろうと推測をしたくだりなど、本当にお見事だと、まるで曲芸でも見ているような口調で誉めるのだった。

平四郎はちょっとのあいだ、ぽかんとした。これまでの人生で、たぶん最大のぽかんだろうと、自分でも思った。

「そうか、死んでないのか」と、おうむ返しに呟いた。「そりゃ良かった——良かったが——良かったのか？」

良いはずがない。葵が生きているのに、平四郎たちの推測が中たっているなどということは、絶対にあるはずがないのだ。

「いえ、そうなのでございますよ、井筒さま」

総右衛門は、一向に構えを解く様子を見せないまま、ただ顔だけで笑みを浮かべた。

「葵は死んではおりません。諍い(いさか)の挙げ句、おふじはあれの顔を殴り、倒れたところを手で首を絞めたのだそうです。しかし女の——しかもおふじは箸より重い物を持ったことのないような育ちですから、そんな女の力です、絞め切れなかったのでしょう。おふじが提灯屋の藤太郎とおれんに後を任せて、築地の家まで逃げ帰った後、どうしたものかと手をこまねいている藤太郎夫婦の目の前で、葵は息を吹き返したのです」

平四郎は口を開いた。開けっ放しのまま空しく何か言おうとして、結局口を閉じた。

「葵は――ご推察のとおり、私とは深い間柄でした。あれはすぐに提灯屋の奉公人を走らせて、私のところに報せを寄越しました」

「あんたは――」平四郎はやっと言った。「その日、葵さんがおふじさんと提灯屋で会うことは知らされていたのかい？」

「いえ、それは存じませんでした。葵にも、おふじから、その日の朝に持ちかけられたことだったようです」総右衛門は、思い出したように苦々しい顔をした。「葵も私に話そうかと、最初は考えたそうです。しかし、一度はおふじとさしで会ってみるのも面白そうだと、敢えて黙っていたようです」

どっちに転んでも、総右衛門の心をつかんでいる限り、自分の不利にはならない――という自信があったのだろう。

「ですから、報せを聞いて、私は仰天いたしました。あいにく大事な寄り合いがありまして、駆けつけることはできませなんだ。それでお店の者を差し向けまして、とにかく、葵を匿（かくま）うことにいたしました」

「ちょっと待った」平四郎は手をあげた。「そのときあんたが差し向けたお店の者というのは、今日俺を迎えに来てくれた、あの渋い男前の番頭さんだね？」

勘で言ってみただけだが、中たりのようだった。総右衛門はうなずいた。

「佐吉はそんな番頭など知らないと言っていた。てことは、本当の番頭じゃないんだな？」

「お察しのとおりでございます。私にも、自分だけの裁量で使うことのできる、自分だけの懐刀(ふところがたな)が要りようなこともございますから。そして、その方が都合の良い時には、〝番頭だ〟と名乗らせているのです」

当時は、あの影番頭も、まだまだ青臭い若者だったはずだ。総右衛門のための陰働き、鍛え鍛えて十七年、というようなことを、平四郎は考えた。お庭番みたいじゃねえか。

「ところで教えてくれねえか？　八百富の太助を殺したのも、その懐刀さんかい？」

総右衛門は表情を変えないまま、黙った。久兵衛はうつむいた。

「殺したと言うと、言葉が強いかね。黙らせた、口を封じたとでも言えばいいんかね」

総右衛門が息を吐いた。ため息ではなく、ただ息を吐いた。

「あの当時……」震える声で、久兵衛が下を向いたまま言った。「お徳たちが思っていたようなことではございませんでした」

「うん。だろうと思った」

「お露が殺したのではない。もちろん富平でもない」

久兵衛は、ひどく重い物を持ち上げるように苦労して、目を上げた。それでも、平四郎の顔を見るところまで、目が持ち上げられなかった。

「私が殺したのでもありませんということでは、お許しいただけませんか」

かまわないよと、平四郎は言った。弓之助が言っていたみたいに、足音を頼りに計ったりしなくて良かったと思った。

ここで平四郎が目尻を吊り上げ、人殺しの下手人を明らかにしないわけにはいかないと、とことん追及すれば、いずれ久兵衛は総右衛門の気持ちをはばかって、言をひるがえし、恐れ入りました太助を手にかけたのは私ですと言い出すだろう。すると今度は久兵衛をかばうために、お露が平四郎に直訴して、いえいえ兄さんはあたしが殺めましたと言うだろう。次には富平が娘をかばって、旦那あたしをお縄にしてくださいと言うだろう。

結局、切ないだけできりがない。ここはひとつ、総右衛門と彼の〝影番頭〟に、貸しをつくってこらえておこう。

少しのあいだ、三人とも黙っていた。櫂が水を切る音だけが聞こえた。

「短いあいだに決断しなければならなかったので、今思えば、間違った結論だったかもしれません」

総右衛門は口を開くと、それまでとまったく変わらず、淡々と言葉を続けた。

「とにかく葵は助かった。本当に運の良いことでした。しかし、それをそのままおふじに伝えていいものかどうか……。私は迷いました。おふじは葵に対する憎しみで凝り固まっておりましたので、葵が息を吹き返したと伝えたところで、自分が人殺しにならずに済んだことを喜ぶよりも、むしろ、し損じたことを悔しがるのではないか——私には、そう思えてなりませんでした」

平四郎は、また言いそうになって言葉を呑み込んだ。だからそれは、元はと言えばあんた
「鬼のような女だと思いました」
総右衛門の目には、それが面憎いを通り越して、恐ろしいものに映った。

いったいどうしたのだとお店内が騒ぎ始めるなか、一緒になって心配しているようなふりをしたり、勝手な人だと詰るようなことを言ったりしてはいたものの、真の事情を知っている

しかしおふじは、少しも悔やんでいる様子を見せなかった。葵が出かけたきり帰らない、

「結局私は、葵を死んだ者とすることに決めました」と、変わらない口調で続けた。「そして逃がしたのです。当面はそうしておいて、おふじの様子を見て、あれが自分のしたことを激しく悔いている様子だったら、実は——と、うち明けてやろうと思っておりました」

湊屋総右衛門は、また微笑んだ。まったくだ、あなたのような三十俵二人扶持の小役人の物差しで計ることではないという意味の笑いなのか、いやおっしゃるとおり私の不徳のいたすところですがそれを言っちゃおしまいよという意味の笑いなのか、わからない。

「でもまあ、それは俺が怒るようなことじゃねえからな。余計なお世話だな」平四郎は言って、うなじを撫でた。

総右衛門に代わって、久兵衛が首をすくめた。それがあまりに正直な仕草だったので、平四郎は笑いそうになった。

平四郎は思わず言った。「だけどそれは、元はといえばあんたの不徳だぜ」

の不徳だ。

「提灯屋には、もしもおふじから何か尋ねられたら、葵の亡骸は離れの床下に埋めた、自分たちとしてはおふじをかばうから、もう気にするなと答えるようにと言い含めておきました。もちろん、それに見合うだけのことは、私が充分にしてやると、約束したのです。おれんはそれですぐに納得しましたが、藤太郎は頑固でした……。やはり、おふじの縁者ですからね。おふじちゃんに本当のことを話して、二度とこんなことをしないように説いてあげた方がいいと言い張って、なかなか聞きませんでした。私は、おふじにそんなことをしても無駄だと突っぱねました」

結局、藤太郎を説きつけたのは、おれんの方だった。ここは湊屋さんの言うとおりにしておいた方が得だと言ったのだろう。

「藤太郎とおれんとは、同じその離れで二、三度密かに話し合いました。さすがにおふじは、すぐには提灯屋には近づきませんでした。丁稚に手紙を持たせて様子を聞いたりさせていましたが、葵は離れに埋めたと聞いて、安心したのでしょう」

そしてその話し合いの折に、おれんがこんなことを口走った。

――葵さんが生きてるなんて教えたら、おふじさん、今度はし損じないように殺そうと思って追いかけてくるかもしれないよ。

「おれんにとっては、私の差し出す見返りが欲しいばっかりに、亭主を説きつけようと、並べた口実のひとつでしかなかったでしょう。しかし、その言葉は私の頭を打ちました。そうだ、そうなる、きっとそうなる。葵が生きていると、おふじに悟られてはならない」

悟られたら、今度こそ葵は殺される――

葵は出奔したという形になったがために、湊屋のなかでは、彼女に関していろいろと噂が立った。総右衛門はおふじの手前、そんな噂にいちいち腹を立てて見せ、葵がなぜ突然飛び出したのか、さっぱりわからないというふりをしなければならなかった。葵が淫奔だ、恩知らずの男狂いだという話が広がるのを、おふじは喜んでいたという。葵はおふじにいびり出されたのだという噂も、彼女の耳には入っていたのだろうが、憎い仇はもうこの世にいない、自分がやっつけてやったのだという自信に裏付けられてか、いちいち目を吊り上げることはなかったそうである。

「佐吉に聞いた話じゃ、あいつは、おっかさんが出奔する時に湊屋の金を盗んだと――しかも、出奔の相手は、当時あんたが目をかけて育てていた松太郎という若い手代だったと信じ込んでいるようだった。それもただの噂かい？」

平四郎の問いに、総右衛門はゆるゆると首を振った。「どちらの話も、もちろん真実ではありません」

「だが佐吉は堅くそう思い込んでいたぞ」

「おふじにそう言い聞かされたからでしょう。ただ――」総右衛門はちょっと顔をしかめる。「あのころ松太郎という手代がおりまして、なかなかはしこいので、私が目をかけていたというのは本当のことでございます。その松太郎が、葵が帰らないというので騒ぎになり、家のなかも店のなかもざわざわと落ち着きなくさざめいているのを良い折と、手文庫の金を盗んで湊屋から出奔したという不始末もございました。あれはちょうど――葵が消えた二日ほど後のことでございましたか」

総右衛門は微笑した。

「私も至らないものですから、目下の者の素質を見間違うこともございます。松太郎のはしこさは、ただの狡(ずる)さでございました」

そうだったか――と、平四郎は腑に落ちた。〝黒豆〟が探っても、出奔手代松太郎の話が出てこなかったのも、これなら判る。お店者たちは、罪のない噂話はしても、自分たちのなかから主人に対する裏切り者が出たことについては、口をつぐんで語りたがらないものだからだ。

「そうするとおふじさんは、全然別の出来事である松太郎の一件と、葵がいなくなったこととをわざと結びつけて、まだ子供だった佐吉に、ありもしない作り話を聞かせたというわけなんだな」

「左様でございますな。あれなら、それぐらいのことはやりかねません」

「あんたそれを、黙って見てたのか？」

平四郎は問うた。久兵衛がうなだれる。

「佐吉のことは、心配でした」と、総右衛門は言った。口調だけでは、彼の心の動きはまったくわからなかった。商いの取引をするときも、きっとこんな具合なのだろう。

「葵という守り手を失った佐吉に、おふじは遠慮なく辛く当たるようになりました。悪いことに、葵が出奔したという噂を信じている者たちは、佐吉を哀れみはしても、おふじが葵に後足で砂をかけられた腹いせに、佐吉に当たり散らすのも仕方ないという態度をとるようになりましたので、ますますおふじはつけあがるようになりました」

だから佐吉を湊屋から出し、植木職の親方のところに預けたのだという。

「葵さんは――佐吉には会いたがらなかったのかね？」

平四郎の問いに、総右衛門はちょっと口元を歪めた。不用意な表情だった。

「もちろん会いたがりました。しかし、私はそれを禁じました。佐吉はまだ頑是無い子供です。いつどんなときに、〝おっかさんは本当は生きてるんだ〟などと、誰に向かって口を滑らせるかわかりませんので、酷だとは思いましたが、葵に、佐吉にとっても、おまえはもう死んだ人間なのだと言い聞かせました」

筋道立てた考えというよりも、とっさの思いつきのような感じで、平四郎は（本当かね？）と思った。葵はもっとさばさばしていたんじゃないかというふうに思えて仕方がなかった。理由などないが、そんな気がした。

「井筒さまもご存じのとおり、その後も何度か、おふじに本当のことをうち明ける機会はございました」

そのうちの最大最良のそれは、言うまでもなく、提灯屋の藤太郎が目を病んで、その地所を湊屋が買い取ったときのことである。

「表向き、私はそこに葵の亡骸が埋められているなどと、まったく知らないことになっておりました。ですから、知らないふりをして話を進めて参りました。どこかでおふじが何か言い出すだろう、きっと言い出すだろう、地所を買うのはいいが、掘り返してはくれるなと。それを待って、後はいかようにもできると考えておりました」

総右衛門の側から言えば、腹のさぐり合いである。

しかし、おふじはぎりぎりまで黙っていた。買い取った地所に、長屋を建てるお許しが出て、それが公になるまでは。

「あれは――」

総右衛門はそこで、いったん言葉を切った。言いにくいというよりは、どの言葉でも言い足りないと感じたからだろう。次に彼の口をついて出た言葉を耳にして、平四郎はそう思った。

「本当に恐ろしい女です」

あの土地には葵の亡骸が埋まっているんですよ、ええ、あたしがあの女を殺したんです、十年前のことですよ。おふじは少しも臆することなく、総右衛門に告げたという。

あたしはそれをあなたに言いたくて、言いたくてたまらなかった。あなたの大事な葵がもうこの世にはいない、あたしの手にかかって死んでしまって、もうあなたの手には届かないところにいると聞かされて、あなたがどんなお顔をするか、この目で見たくて見たくって、たまりませんでしたのよ。

「さぞ私が苦しむだろう、いい気味だという顔でした。手柄顔でございましたよ、井筒さま。あれは葵を殺してもまだ飽きたらず、私を憎んでおりました」

だからそれも、その七年のあいだに、あんたとおふじさんのあいだが、何も、何ひとつ変わらなかったからだよ。平四郎は腹のなかで言った。今度は口に出さずにいるのが難しくはなかった。言っても無駄だ、この御仁には通じないと、判ってきたからである。

「一方で、私には仁平という五月蠅い男がつきまとっておりました」と、総右衛門は続けた。だんだん口調が滑らかになっている。

「仁平のことを考えるならば、この機会に、おふじに本当のことを話すのが得策でした。葵は死んではいないよ、とね。しかし、おふじの顔を見ていると、やはりそれは危ないと確信が湧いてきました。事実を教えたら、おふじは腕まくりをして、葵を探しにかかるでしょう。そして今度こそ、本当に殺してしまうでしょう。その方が、私には、仁平よりもよっぽど恐ろしかったのです」

平四郎たちが思うほど、総右衛門にとって仁平は重くなかったということか。いや、仁平が自負するほどには重くなかったと言った方がいいか。なんだ、あいつも道化だな。

総右衛門はおふじの告白を聞き、とっくに骨になっているであろう葵の亡骸が見つからないように、万事手配して長屋を建てると彼女に言った。だからおまえも、自分の身を滅ぼすようなことを口に出すものではない、と。

そして鉄瓶長屋はできたのだ。

「それから後のことは、井筒さまのお考えのとおりです」総右衛門は言って、久兵衛の方を見た。

「おふじは人殺しなどしておらず、葵は生きている。だが、私どもは葵が死んだことにしておかねばならなかった。おふじには、葵を殺したと思い込んでいてもらわねばならなかった。私にとっては、葵の命は何よりも大切です。だからその嘘をつき通した」

わずかだが、声が高くなった。自分でそれと気づいたのか、総右衛門は言葉を切って、口をつぐんだ。

それから、また静かな口調に戻って、言った。「それで首尾良く運んでいたのです」

美しく成長したみすずの顔が、次第次第に葵に似てきて、それがおふじの心を脅かすようになるまでは――

「店子たちを立ち退かせた後には、あそこに湊屋の屋敷を建て、おふじを住まわせるつもりでございました。そうすればあれも、気の済むだけ葵の供養をすることができて、心も鎮まるだろうと思ったのです」

「おふじさんを、葵さんの墓守にするってわけか」

「本人がそれを望みましたので」

「そして、みすずお嬢さんは遠方に嫁にやる」

「離れていた方が、娘は幸せです」

平四郎はじっと、湊屋総右衛門の顔を見た。

「今度こそ、おふじさんに本当のことを話してやってもいいかとは、思わなかったのかい?」

総右衛門はまばたきさえせず、迷いのない目で平四郎を見つめ返した。「一度も考えませんでした」

久兵衛が、ゆっくりと首を振っている。

「井筒さまも、おふじにお会いになれば、きっと私の気持ちがお判りになると存じます。あれは今でも葵を憎んでおります。生きていると知ったなら——自分が絶ってやったと信じていた命がまだ残っていて、自分が取り上げてやったと思っていた年月を、葵がずっと葵のものとして過ごしていたとわかったならば、おふじは今度こそなりふりかまわず、刺し違えてでも葵を殺すことでしょう」

今でも憎んでいる——というのは違うなと、平四郎は考えた。今だから、十七年も経ってしまったから、憎んでいるのだ。

「葵さんは生きている」

平四郎は呟いて、久兵衛を見た。

「それが本当だという証(あかし)は、どこにある？」

久兵衛は総右衛門を見た。総右衛門が答えた。「井筒さまがどうしてもとおっしゃるならば、葵にお引き合わせすることなど、造作もありません」

久兵衛がやっと口を開き、小さな小さな声で言った。「目のあたりが佐吉とよく似ておりますから、お会いになればすぐにわかります」

「つまり、あんたはこの十七年、ずっと葵さんを囲ってきたわけだ」と、平四郎は総右衛門に尋ねた。「あんたの女道楽は、おふじさんの目から葵さんを隠すための煙幕だったんだね？」

総右衛門はまたぞろ薄く笑った。「いかようにもお考えください。私は、一人の女も不幸にはしておりません」

「いや、してるよ」平四郎は言った。「おふじさんは不幸だよ」

そう言われると思ったと、総右衛門は笑みを消さずに応じた。「しかしあれは、私一人のせいで不幸になったわけではない。自分で自分を不幸にしてきたのです。そうではありませんか、井筒さま」

女など、浅はかなものですと、妙にしみじみとした口調で言った。

「佐吉はあんたたちの嘘のおかげで、自分の母親を男狂いの恩知らずのろくでなしだと思いこんで育ってきた。それはどうなんだ？　可哀想だと思わねえか？」

「佐吉が女の子なら、私も違う考えを持ったかもしれません。母の姿は――良きにつけ悪しきにつけ手本になりますので」

「男の子は違うって？」

「違いますとも」

湊屋総右衛門は、心なしか反り返った。

「井筒さま、この私とて、どこの馬の骨かわからないような男でございますよ。父も母も、屑のようなつまらない人間です。しかしそれを、私は自力で乗り越えた。男はそうでなくては困ります」

「だけど佐吉だって、本当のことを知りたいんだ。母親を嫌っていても、どこかで〝もしかしたら違うんじゃないか〟と思ってるんだ。それが人情じゃねえか」

平四郎は、このやりとりのなかで初めて声を強め、言葉を投げつけた。しかし湊屋総右衛門の前で、それらの言葉が、まるで霞網（かすみあみ）にひっかかるように、彼の心に届く前に、みんなからめとられてしまうのを目の当たりにしたような気がしただけだった。

「本当のことと、井筒さまはおっしゃる」総右衛門は言った。「この世の中に、どんな本当のことがあるのでしょうね？」

平四郎は返事ができなかった。

「井筒さまがどうしてもお気が済まないということならば、佐吉にうち明けてくだすってもよろしゅうございますよ。その場合には、佐吉はきっと、自分の母親の命を守り通した私に感謝こそすれ、詰る言葉など吐きはしないと思いますが」

総右衛門自身が、佐吉をそういうふうに育ててきたのだから。

平四郎は、いろいろなことを言おうと試みた。だが、たくさんのところてんのなかを泳いでいるような感じがするだけだった。冷たくて、ぬるぬるしていて、何ひとつつかめない。みんな指をすり抜けてしまう。

「俺には、何も言うことはねえな」

そう言って、座り直した。

「葵は死んでねえ。人殺しがなかったんじゃ、町方役人の出番はねえ。あんたらが駒として使った正次郎はひどい死に様だったが、殺したのはあんたらじゃないんだから、責めようがねえしな」

自分でも、気の抜けたような声だと平四郎は思った。

「仁平の吟味にあたる与力には、俺から事情を話しておく。それぐらいは仕方あるまい。ちゃんとした役人だから、腹に呑み込んでおさめてくれるだろう。そうなりゃ、仁平が何をわめこうと、残るのはあいつの正次郎殺しだけだ。仁平は殺し損、正次郎は死に損」

平四郎は総右衛門の顔を見た。久兵衛の顔も見た。

「つくづく、正次郎は可哀想な役回りを背負わされたもんだよな。仁平はむろん人殺しの咎を免れられないだろうが、それだって、正次郎が差し違えてくれたようなもんだ。供養は充分にしてやんなよ」

結局、これでおつもりだなと、平四郎は呟いた。

総右衛門は慇懃に、恐れ入りますと受けた。

「それはつまり、井筒さまから本当のことが外に漏れる気遣いはないと、お約束いただいたと解釈してよろしゅうございますね？」

平四郎は鋭く頭を上げ、総右衛門を見た。

「本当のこと？」

笑ってやった。

「本当のことなんて、どこにあるんだよ？」

平四郎は立ち上がった。あんまり勢い良く立ったので、頭を屋形の梁にぶつけた。いい音がしたが、腹が立っていたので何も感じなかった。

障子を開けて、狭い舳先に出た。

いっぱいの星空だった。舳先に吊した提灯が、水面でゆらゆら揺れて、歪んだ満月のように見えた。

岸が近づいていた。戻ってきたらしい。船宿の明かりを背にして、桟橋にあの影番頭が立っているのが見えた。

そして、彼の隣に女が一人。

最初はお律かと思った。湊屋か久兵衛に呼ばれて、瀬戸物町から逃げ出したことの詫びを言いに来たのかと。だが、船がぎいぎいと近づいてゆくうちに、その女の背格好には、とんと見覚えがないと気がついた。

だいぶ年増だ——星空をそのまま映したような、暗い色目にたくさんの白い模様を散らした着物を着ている。

ああ、おふじだと、やっとわかった。

女は船の方を見ていたが、平四郎を見てはいなかった。屋形の明かりを見ているようであり、水面を見つめているようでもあった。限られた明かりでは、実は細かな表情などわからない。きっと、平四郎がそこに見たいと思うものが、平四郎が見たいと思う形で浮かんでいるだけだろう。

それでも、平四郎は何が見たいのかわからなかった。何を期待しているのかもわからなかった。だからおふじは、おそらくはまだまだ美しい女であるはずなのに、どんなふうにも見えなかった。水に飛び込めば、そのまま水になってしまうだろう。

総右衛門を迎えに来たのだろうか。おふじは桟橋のいちばん端まで歩いて、船を迎えた。平四郎は、岸までまだ三尺以上あるときに、えいと飛んで船から降りた。おふじは平四郎に向かってお辞儀をしていたが、平四郎はすたすたと歩き出した。

そしてようやく気がついた。ああそうか、湊屋総右衛門はこの俺に、おふじがどんな顔形の女なのか、一度ぐらいは披露しないと申し訳が立たないと思ったんだな。

「あなた」と、彼女が総右衛門を呼ぶ声が聞こえてきた。そのあと短く何か言ったが、それは聞き取れなかった。

冷えた川風のせいだろうか。おふじの声が、心のどこかに触れたのだろうか。平四郎はふと、湊屋総右衛門の硬い表情の後ろ側に、ほんの少しではあるけれど、探さねば見つからないほど小さなものではあるけれど、おふじに対する慚愧の念が隠れているのではないか――と考えた。あんな手の込んだことをして、バカバカしい芝居のような真似をして、大勢の人間の手を煩わせ、金を使い、それでもおふじの目から事実を隠し、彼女の間違った思いこみに付き合ってきたのは、ただ葵を守るためだけではなく、総右衛門は総右衛門なりに、おふじを哀れと思う心があるからではないのかと。

あってほしいと、平四郎が思うだけなのかもしれないけれど。

平四郎がとっとと歩いて行くと、後ろから足音が追いついてきた。振り返りもせずに「駕

籠は要らねえよ」と言い捨てると、

「井筒さま！」

息を切らして久兵衛が追いついてきた。

「話は済んだよ」

久兵衛ははあはあ言いながら立ち止まる。平四郎は歩調を緩めたが、停まらなかった。

「ンじゃあな」

どんどん距離が開いてゆく。

「お許しください」と、久兵衛が言った。

「許すことなんかねえよ」

平四郎は振り返らなかった。

「あんたには大切なお店のご主人じゃねえか。尽くして当たり前だ。俺に謝ることなんか、何もねえよ」

それが本当のことだよ——と、腹の底で言った。

腰が痛かった。

それから二日ほど後、千駄ヶ谷の木賃宿にいる佐吉から文を言付かったと、老人が一人訪ねてきた。老人は、身内の女を例の先生のところに預けて診てもらっている身の上で、家は浅草にあるという。平四郎は老人を労い、細君に言って飯を食わせて、そのあいだに佐吉の文を読んだ。短いものだった。

おくめは預かってもらっている。お徳はそばに付ききりで、ついでに他の女たちの面倒を見たり、煮炊きの手伝いもしているという。何しろ患者が多く、世話をする手が足りないので、佐吉も薪割りなどの力仕事を助けているという。それで帰りが遅れているらしい。

先生の診立てでは、おくめはあまり長いことはないらしい。お徳は、せめて最期までついていてやりたいと言っている。佐吉はひとまず、あと数日で深川に帰る。お徳の家移り先も探さなくてはならないから、湊屋に相談に行くという。

そのしっかりとした手筋、丁寧なひらがなを見つめているうちに、平四郎は心が決まるのを感じた。

佐吉は、佐吉の暮らしをすればいいんだ。それには、古いものはもう掘り起こさない方がいいんだ。あいつだって遠からず自分の所帯を持つんだし、そうなりゃ子供も産まれて、ますます一人前の男になって、そうしてもうあいつの人生はあいつのもので、だから今さら揺り動かす必要なんて、どこにもないのだ。願わくば、お恵って娘が、天から授かったみたいな、とびきりのいい女だといいんだがな。

老人は明日また千駄ヶ谷に行くというので、平四郎は万事判った、こちらは変わりないということだけさらりと書いて、それを託した。それから小平次を連れて、市中に出た。

夕刻、御番所に出仕して組屋敷に戻る途中で、平四郎はちょっとつまずいた。雪駄(せった)の先に、何があたったのかもわからない。とにかく、ほんのちょっとしたものだ。

ところが、それで腰にぎくりときた。

「小平次」と、脂汗を流しながら呼んだ。「やっちまった」

「うへえ」と、小平次は恐れ入った。「戸板を探して参りますか?」

「それより荷車がいい」

荷車に乗せられて唸りながら帰宅すると、細君があらまああらまあと小鳥のように騒いで、小平次を幸庵先生のところに走らせた。

「あらまあ、あなた」細君はさえずるような良い声で言った。「今度は、いったい誰を助け起こそうとなすったんですの?」

一晩うんうん唸って、眠れずに夜が明けると、それを待っていたように弓之助がやって来た。風邪は治ったようである。

「何かお手伝いすることはありますか?」

と、例のつるりと整った顔で言う。

「何もねえ。おい弓之助、おまえもひょっとすると、ぎっくり腰の体質(たち)かもしれねえ。大人になったら、うっかり船には乗るんじゃねえぞ。あの揺れは、くるからなぁ」

細君や小平次がどたばたと出入りするのが収まるのを待って、もの問いたげな眼差しの弓之助を、平四郎は枕元に呼んだ。

「なんだか、いまわの際の遺言を残すようですね」

「縁起でもねえことを言うな。政五郎から、話は聞いたか？」

屋形船の翌日に、平四郎はまず早々に御番所へ出仕して、上役に願い出た。仁平のような扱いの難しい者のお調べは、自分の手には余る、他の者をあたらせていただきたい。上役はすぐに承知してくれた。

それから政五郎のところに回ると、湊屋総右衛門から聞いた話を、全部ぶちまけた。

「どのみち、俺は御番所のあぶれ者だから、関わってたって仁平を転がすことはできねえ。彼奴（きゃつ）をぎゃふんと言わせるには、おめえたち岡っ引き仲間と、おめえたちを信頼している役人に頼むしかねえんだが――」

政五郎は心得ていた。仁平の望む方向には転がしませんと、胸を叩いて請け合ったので、平四郎は安心した。

「でも旦那、そうおっしゃるということは、葵さんが生きているという本当の事は、表に出さず、旦那の胸の底にたたんでおかれると決めたんですね？」

「うん」平四郎は迷わずにうなずいた。「今さら葵を生き返らせるこたぁねえ。死んだ者は死んだんだ」

「それでよろしいんですか？」

「うん」平四郎はうなずいた。「それでいいよ。俺はそれでいいと思う。佐吉が何を望んでいるのかなんてわからねえ。訊いてみるわけにもいかねえ。とにかく、こんなことはもう終わりにした方がいい」

政五郎は、にっと笑った。

平四郎は訊いた。「ところで、湊屋はおめえにいくら寄越した？」

政五郎はそっと指を立てて示した。平四郎はそれを見てから、自分も指を立てた。

「金持ちは違うぜ」と、笑った。「使っちまえ使っちまえ。俺もぱあっと使うから」

ふぶきを牢屋敷から出して、お咎めをせいぜい江戸ところ払いくらいで済ませるには、誰にどれくらい握らせたらいいか——二人で相談した。長くはかからなかった。なにせ、払うのは自分の金ではないのだから。使っちまえ、使っちまえ。

「まあ、それが相場でござんしょう」政五郎は言った。「ところで旦那、時分時です、蕎麦でもいかがです？」

平四郎は政五郎の女房の店で、たらふく蕎麦を食った。店でいちばんの大食い客に、あと、ざる一枚のところまで迫ったのだから、なかなかの健闘だった——

「叔父上の大食いのお話は聞きました」弓之助はわざと混ぜっ返した。「政五郎さんのおかみさんは、たいそう誉めておいででした」

「そいつは俺も、鼻が高い。ところでおめえ、まだこの家の跡取りになる気はあるか？」

弓之助はにっこりした。「私が決めることではありませんよ、叔父上」

「おめえは頭がいいからな。葵があすこに埋められているって、最初から見抜いてた。俺のような小役人の跡目を継いだりしなくても、何にでもなれるぞ」

弓之助は眉をひそめた。「叔父上、葵さんは埋められてはいないですよ」

「埋められてるんだ」平四郎は言った。「そうなんだよ。俺たちがそう思うんだから、そうなんだ」

俺なんざ、葵の亡骸になって地べたの下に埋められている夢まで見ちまったんだ。えらくはっきりした、怖い夢だった。だからあれは、本当なんだ。

弓之助はまだしばらく眉根を寄せていたが、やがて、日向の雪が解けるように、頬を緩ませた。

「わかりました」と、笑った。「跡目のことは、よく考えます」

「そうだ、考えた方がいいぞ」

「私はでも……佐々木先生みたいに、計測ばかりして暮らすのもいいかなと思い始めてます」

そうだよなぁと、平四郎も思った。計れるものを計って暮らす。計ればきれいに読みとれる。いいだろうなぁ。

「俺だって、今から間に合うならそうしたいな」

「ダメダメ、計測器は重いですから、叔父上には引っ張れません」

弓之助は、平四郎の腰をぽんと叩いた。平四郎はぎゃっと叫んだ。それを聞きつけた細君が顔を出し、あろうことか二人して手を打って笑った。平四郎は怒ると力が入って痛いので、横を向いて黙っていた。

それにしても誰が女房に、先のぎっくり腰のときのことを告げ口したのだろう、探り出したらただじゃおかねえと、考えながら。

あたりは、ぺたりとした闇だった
幽霊
む

「とんでもない笑い話があるんだけどね」

お徳は、緩んできたたすきを締め直しながら肩越しに振り向いて、そう言った。古い話を思い出したのだ。

堅く絞った雑巾で、せっせと奥の四畳半の拭き掃除をしていた若い娘が、その声を聞いて手を止め、顔を上げる。

「煮売屋にとって、煮汁は命だからね。けっして捨てたりしない。毎日毎日火を入れて、灰汁をすくって、時にはこして濁りをとって、十年でも二十年でも同じ煮汁を使うわけさ。鰻屋のたれと同じだよね」

若い娘は膝立ちになったまま、にっこりとうなずいた。ひところに比べればずいぶんと明るい顔になり、頬もふっくらとしてきたが、寂しい眼差しには変わりがない。

お露である。お徳がいよいよ鉄瓶長屋から家移りするというのを聞いて、猿江町の長屋から手伝いに来てくれたのであった。

「そういう商いだから、なかにはうんと手を抜いて、十日も半月も鍋の底をさらってみないで、ただ火だけ入れて澄ました顔していても、ちょっくらちょっとわからないんだよ。ひどい話だけどさ」

話をしながら、お徳はきれいに洗った空の鍋を乾拭きしている。煮汁の方は、大きな瓶に移して蓋をして、一足先に新しい家に運んで行ってもらったところだ。

「それでさ、もうずいぶん前のことだけど、猿子橋の方にあった煮売屋でね——そこはあたしよりもっとしわくちゃのお婆さんが一人で切り回してたんだけどさ」

お露は微笑んだ。「お徳さんはちっともしわくちゃじゃありませんよ」

「お世辞を言うもんじゃないよ」お徳は笑った。「いよいよお婆さんがいけなくなって、商いを続けていかれなくなったときにね、煮汁がもったいないからって、近所の連中が分けてもらうことにしてね、みんなで鍋をさらったわけさ。そしたら、先に婆さんが失くした失くしたって騒いでた柘植の櫛がね、その鍋の底から出てきたんだって」

「あら、まあ」お露は目を丸くした。

「柘植の櫛の出汁の煮売屋は、江戸中探したってこの婆さんの店だけだろうって、大騒ぎになったってさ。まったくねえ」

「だけど美味しい煮物だったんでしょうか」

「まあ、そうだったんじゃないの。知らないから、平気だったわけさ。見えなきゃね、わからないもの」

お徳はそう言ってあははと笑ったが、一緒になって笑いながらも、お露は少し、暗い目になった。それをお徳に悟られぬよう、急いで拭き掃除に戻った。

「さて、これで荷物はおしまいだ」

お徳は、拭き終えた大きな鍋を、戸口の外に止めてある大八車のところまで運んでいった。そこにはすでに、行李(こうり)だの木箱だののがたくさん積んである。お徳は今でこそ女一人の所帯だが、かつては亭主の加吉が、そしてごく最近まではおくめが一緒に住んでいたから、世帯道具は三人分ほどあるのである。

荒縄で鍋をしっかりと縛りつけ、お徳はふうと息を吐いて空を仰いだ。気持ちよく晴れている。お天道様に感謝だ。

それでも今朝はずいぶんと冷え込んだ。秋はすっかり深まって、起き抜けにはくしゃみが続けて飛び出して困ったものだ。ちょっと前までは、朝晩の冷え込みぐらい何でもなかったのに、あたしもやっぱり歳だね、気も身体も弱ったよと、お徳は考えた。

お徳は、鉄瓶長屋の最後の店子である。他の家には、表長屋にも裏長屋にも、もう誰もいない。それでいて、そこかしこにきれいに箒で掃いた跡があるだけで落ち葉一枚見えないのは、政五郎とかいう岡っ引きの手下が来て、毎日のように掃除をしているからだ。

空き家の戸障子はきちんと閉められている。ちょっと見ただけでは、すべての家が空っぽだなんて、わからないかもしれない。だが、かみさん連中の怒鳴り声もおしゃべりも、子供の歓声も泣き声も聞こえない長屋なんて、やっぱり死に体だ。夜には、怪しい者が入り込まないよう、頻繁に見廻りが歩き回る。木戸番の友兵衛だけでは骨だからと、そちらの方にも政五郎の手下が助っ人に来ているようだ。岡っ引きなんてものはてんから信用できないと思っていたお徳だが、これには少し驚き、感心し、見直さざるを得なくなった。

そういえば昨日の午過ぎ、まだ鍋に火を入れているときに井筒の旦那が立ち寄って、ここで食う最後のこんにゃくだとか言いながらひとしきり油を売っていった。そして、佐賀町の方の仁平とかいう岡っ引きが、人殺しの疑いで小伝馬町の牢屋敷につながれて、えらい目にあっているとかいう話をした。その仁平というのは何しろこすからい嫌な奴で、お上の十手を与っているのをいいことに、さんざん弱い者虐めをしてきたのだそうだ。それでもあんまり非道い目にあわされると、やっぱり可哀想なような気もするなと、旦那はもごもご言っていた。

——娑婆にいるときは、牢屋敷にも繋ぎをつけていて、いい顔になっていた岡っ引きだったから、まさかあれほどえらい目に遭わされることになるとは、俺も思ってなかったんだ。かえって、牢屋敷になんぞ放り込んだら、すぐにも牢名主になっちまうんじゃないかと、逆の心配をしてたんだよ。

お徳は笑って、旦那はまだまだ甘いと思った。世の中はそれほど優しくできてない。小狡く立ち回って甘い汁を吸ったり、弱いものを虐げたりする連中は、しょせん人望が無いのだから、身体ひとつに剝かれたらそれまでである。

——その仁平って奴、誰を殺めたの？

お徳が訊ねると、井筒の旦那は殊勝な顔をして、お店のために嫌な役回りも進んで引き受けて、よく働いてた若い奴を手にかけたんだよ、と言った。ふうん、そんなら牢屋敷で虐められたって、ちょうどいい罰じゃないかとお徳が言うと、旦那はちょっと考えてから、そうか、おめえがそう思うならそういうことにしておこうかなどと、いつものようにいいいいからかい、んなことを言って笑った。

「お徳さん、こっちはもういいですよ」

お露は座敷の拭き掃除を終えて、雑巾をゆすいでいた。ありがとう、世話をかけたねと、お徳は頭を下げた。

「そんな、お徳さんに頭を下げられたりしたら、罰が当たります」

お露はあわてたように言って、座敷の隅に置いてある、そこそこ古びた加吉の位牌と、それよりもひと回りほど小さい、真新しい白木の位牌の方に目をやった。

「包みましょうか。お徳さん、抱いていかれるんでしょう？」

「そうだね。首からさげて行こうか」お徳はふたつの位牌に近づいて、声をかけた。「おまえさん、家移りだよ。今度のところはここよりちっと狭いけど、いいよね？」

お露がお徳の顔を見ている。お徳は、白木の位牌にも声をかけた。

「おくめさん、あんた幸せだろ。家移り先は幸兵衛長屋なんだからね。あんたまた、あの幸兵衛さんとこで暮らすんだよ。だけどあたしは、ちゃんと店賃払うんだからね。あんたと一緒にしておくれでないよ」

「このおくめさんて、幸兵衛長屋にいた人だったんですか」と、お露が訊ねた。

「うん、そうだよ。しょうがない遊び女でね。結局はそれで死ぬことになっちゃってさ」

お徳はおくめに立派な戒名をいただいてやりたかったのだが、井筒の旦那も、幸庵先生も、佐吉までもが揃って、おくめさんは字が読めないから、難しい戒名をいただいてもわからないだろう、名前のまんまがいいだろうと言うので、そういう形で落ち着いた。白木の位牌の裏には、ひらがなで「くめ」と書いてあるきりである。お徳も今ではそれで良かったと思っている。祥月命日には、せいぜい匂いのいい線香でも焚いてやろう。

「あたしたちが猿江に移った後に来た人ですね」

「あれからいろいろあったからね」

お徳はお露を励ますように、軽く肩を叩いてやった。

「あんただけじゃないよ」

お露は黙ってうなだれて、それから小さく言った。「お徳さん、痩せましたものね」

「そうかい？　自分じゃそうは思わないよ」

「だってたすきが——前と同じように締めたんじゃ駄目なんですよ、ほら」

お露は手を伸ばして、お徳のたすきを直してやった。なるほど、また緩んできている。

「嫌だねえ」お徳は笑った。「昔は、たすきが回りきらないくらいの腕をしてたのにさ、あたしも。これが歳をとるってことだね」

「もう、お徳さんはそんなに歳をとっちゃいませんてば」

お徳は明るい目でお露を見つめた。口元が自然とほころぶ。

「あんたは若いよね。羨ましいよ」

お露は目を伏せた。

「富平さんだってさ、最後まであんたに看取ってもらって、幸せな往生だったよ。あんた、娘としてできるだけの、精一杯のことをしたよ。だからこれからは、自分の幸せを見つけなくちゃ。誰にも気兼ねなんか要らないんだからさ」

お徳はお露がはいとうなずいてくれるものと思っていたのに、彼女はうつむいたままだった。富平が亡くなって、まだ十日ばかりである。寂しさが癒えるには、まだ日がかかるということか。

——やっぱり兄さんとのことは忘れられないんだろうね。

お露が悪いわけじゃない。あたしだって、あんたと同じ立場に置かれたら同じようにしただろう。あの寒い夜に思ったのと同じことを、お徳はまた心のなかで繰り返したけれど、今さらそれを口に出しても、お露を慰める足しになりはしないだろう、それどころか、お露が忘れられずに苦しんでいる思い出を、また言葉という形にしてお天道様の下に引き出すだけだと思って、何も言わなかった。

思えば、あれがすべての始まりだった。久兵衛は今ごろどこでどうしているだろう。あの律儀な人のことだから、きっと達者に暮らして、どこかで別の長屋の世話をしているに違いないけれど、二度と会えないだろうことを思うと、やっぱり寂しい。

「久兵衛さん、いい差配さんだったよね」

思わず、お徳は呟いた。お露は首をこっくりした。そして、下を向いたまま囁くような声で言った。

「お徳さん――」

「何だい？」

「ごめんなさいね」

お徳は笑って、お露の背中を叩いた。

「嫌だね、この娘は。今さら謝ることなんかないじゃないか」

木戸番の友兵衛のところで、お徳と手伝いの人たちのために、握り飯をこしらえていると呼びに来た。お徳は礼を言って、お露を先に行かせた。家移り先の掃除をして、瓶の煮汁を先に運んで行ってくれた佐吉が、そろそろ帰ってくるだろうと思ったからだ。

お徳が上がり框に腰をおろして、十年暮らした家のなかをぼんやり眺めていると、佐吉は忙しそうに戻ってきた。手に大きな土瓶をさげている。

「ああ、お徳さん」と、お徳の顔を見て笑った。「幸兵衛さんから差し入れです。飴湯だそうで」

「あの差配さん、あたしらを子供と間違えてるんじゃないのかね」

「でも、気持ちですから」佐吉はお徳に土瓶を渡すと、大八車の方に近寄った。

「これはもう運んでいいんですね？」

「それはあたしが自分で運ぶよ」

「何言ってるんですか。じゃ、俺ちょっと行ってきますから」

「だけど友兵衛さんとこで炊き出ししてくれてるんだって」

「これを置いて、戻ってきたらにします」

お徳はあわてて出ていって、荷車に手をかけた。「そんなにあんたばっかり働かせちゃ悪いじゃないか。自分の家移りだってやったばっかりだろ？」

「俺なんか荷物少ないから、あんなもの家移りのうちにも入らないですよ」

佐吉は植木職に戻るのだそうだ。新しい家は大島の方だというから、確かに植木屋にはいい土地だろうが、ここよりはよほど鄙(ひな)びている。

「ねえ、あんた所帯持つんだって？」

どうしても佐吉が一人で荷車を引いていこうとするので、お徳は伝家の宝刀を抜いた。

「昨日、井筒の旦那に耳打ちで教えてもらったんだ。良かったねえ、おめでとさん」

佐吉は真っ赤になった。あれまあこの人は純だったんだねと、お徳は思った。ホントにね、バカみたいに真っ直ぐな人なんだよ。

「すっかり町の噂になってるけどさ、湊屋のあの近眼のお嬢さん。あの娘も縁談が本決まりになったんだって？　御大名家だってねえ。お部屋さまとはいえ、大したもんだよね」

「はあ……」

「湊屋さんも鼻高々だろうさ。ま、あたしゃ総右衛門さんにはいろいろ言いたいことがあるけど、お嬢さんは可愛かったからね。お祝いする気持ちにもなろうってもんだよ」

お徳はさらに、佐吉が赤くなりそうなことを続けて言った。

「あのお嬢さん、何度かここへ来たろ？　あんたのこと、好きだったんだろうね。だけどさ、お嬢様育ちとあたしらじゃ、どうやったって、添えやしないよ。あんたもちょっとは惜しかったかもしれないけど、お嬢さんにとっちゃこれはいい縁談だよね」

佐吉は赤くなったまま、うんうんとうなずいた。「俺もそう思います。でもお徳さん、人聞きが悪いですよ。俺がみすずお嬢さんを逃して惜しかったなんて、めっそうもない」

「本当かい？　ちょっとはあのお嬢さんにぐらりと来たんじゃないのかい？」

お徳は笑ったが、佐吉があんまりもじもじするので、いい加減で矛(ほこ)を収めることにした。

「所帯を持つって、いいもんだよ。そりゃ苦労もあるけどさ。あたしだって——亭主と一緒になってさ、結構楽しかったもんね」

そう言って、加吉の位牌の方に手を振ってみせた。佐吉は荷車の引き棒に手をかけたまま、お徳と位牌を見比べて、ちょっと笑った。

「俺なんか、お徳さんみたいな所帯をつくれるかどうかわからないから……」

「何言ってんのよ。つくれるさ。あんた、その娘さんに惚れてんだろ？　だったら大丈夫さ。あんた、骨惜しみしない働き者だからね。働きもしないで惚れたはれたのばっかり言ってたら、尻を蹴っ飛ばしてやるところだけど」

「お徳さんらしいなぁ」と、佐吉は笑った。「それでも俺、お徳さんに誉められたのは初めてだから、嬉しいな」

言われてみればそうだった。お徳はバツの悪い思いをした。

「あんたには悪いことしちゃったね」

「いいえ、とんでもない」佐吉は目を見張った。「俺はお徳さんに、いろんなことを教わったんです」

「意地悪も？」

「そりゃないや」佐吉は吹き出した。「それに、差配人はやっぱり、俺みたいな若造には無理です。それがよくわかりました」お徳はにっこりした。「だけどあんただって、湊屋さんに言われてしょうがなかったんだからさ」

「じゃ、それについては、言いっこなしにしましょうよ」

「そうだね」お徳はうなずいた。「ねえ、お律ちゃんがさ」

「桶屋の権吉さんの娘さんの？」

「そうそう」

博打のカタに売り飛ばされそうになって、家を飛び出していたのだが、半月ばかり前に権吉を迎えに戻ってきた。今は、日本橋通町の菓子屋で働いているということだった。

「いっぺんお店に来てくださいって言ってた。きんつばが美味しいんだって。安くしてくれるよ。あたしもこのあいだ、幸兵衛さんとこに挨拶に行くときに、買って持っていったんだ。ホントに美味しかったよ」

「そりゃ嬉しいですね」

「お律ちゃんね、正面切って言うとあんた照れちゃうから、なかなか口に出せなかったけど、あのときのあんたの台詞には、本当に目からウロコが落ちたみたいだったって」

佐吉は困ったように頭をかいた。「参ったなぁ」

「あんた人助けしたんだよ。立派だったさ」

佐吉は首をすくめると、大八車の引き手を持ち上げた。「さてと、じゃ、ちょっと運んできます」

「あら、だからそれはあたしも一緒に——」

「いいです、いいです、友兵衛さんのところで待っててください！」

佐吉はごろごろと行ってしまった。お徳も笑って、今度は本気では追いかけなかった。佐吉と荷車が見えなくなったところで、手を合わせてちょっと拝んだ。

差し残したことはないかと確かめ、位牌をふたつ風呂敷で包んで大事に首からさげた。差し入れの飴湯の土瓶を持って、お徳はゆっくりと長屋の木戸へ歩いていった。

一歩ごとに、いろいろ思い出した。豆腐屋の豆坊たちの追いかけっこする声。魚屋の箕吉夫婦の愚痴っぽい商いぶり。駄菓子屋のあんころ餅のホカホカ。駕籠屋の夫婦喧嘩の凄まじかったこと。久兵衛が屋根の修繕の時に指図のしんばり棒を振りすぎて、四日も五日も腕があがらなかったこと。疱瘡がいつにも増してひどく流行った年に、みんなで差配人の家に集まって、疱瘡の神様を拝んだこと。

ふと気がつくと、木戸の下に誰か立っていた。噂をすれば影で、お律でも様子を見に来てくれたのかと駆け寄ると、まったくあてが外れた。見知らぬ女だ。

髪を濃紫のおこそ頭巾ですっぽりと包み、金茶色の地に白菊模様を散らした小紋に、真新しい白足袋を履いている。歳はそう——四十は過ぎているだろう。人目に立つ美しい顔立ちだが、白粉も紅も濃い。近寄ると、白檀のような香りがふっと匂った。

「あの、どちらさまですかね」

お徳は女に声をかけた。女は、まるで誰かを探そうとしているみたいに、一心に路地の奥の方をのぞきこんでいたので、すぐにはお徳に気づかなかった。その目に、一種どきりとするような強い光があった。

「もし、おかみさん」

お徳が半歩近寄ってもう一度声をかけると、女は顔に水を受けたようにパチリとまばたきをして、お徳の顔を見た。

「あら、ごめんなさいね」

「この長屋の誰かに御用ですかね」

お徳の問いに、女はなぜかしら笑って、また路地の奥の方に視線を飛ばした。

「いえいえ、そうじゃござんせんのサ。人を訪ねて来たわけじゃないんですの」

「そんなら、何でしょう」

お徳は女の様子が気に障った。何をソワソワしているんだろう？

「ねえ、ここは鉄瓶長屋というんでしょう？」

問われて、お徳は素っ気なく答えた。「近所の人たちはそう呼んでますよ」

「何でも、井戸から鉄瓶が出たんですってね。それが謂われなんでしょう？」

よく知ってる。何者だ、この女は。いつからここにいたのだろう？

「井戸はあの世に通じているし、亡者は金気を嫌いますもんね」

女は紅いくちびるをペラペラと動かして、訊ねられてもいないことをしゃべった。

「久兵衛さんにでもやらせたのかしら。よっぽど、誰かさんがあの世から舞い戻って来るのが怖かったんでしょうけどねえ。いっそ刃物でも投げ込んだらよかったろうに。面白いこと」

お徳はムッとした。あれこれ考える前に、持ち前の太い声を出していた。

「あんた誰だよ？」

女は小粋(こいき)な角度で首を傾(かし)げて、賺(すか)した目でお徳を見た。

「まあ、いいじゃありませんか、あたしが誰かなんて」

また白檀が匂う。着物にしろ匂い袋にしろ化粧にしろ、さぞかし高価なものだろう。どこから来たのか知らないが、白足袋が少しの土埃もかぶっていないのは、駕籠に乗っていたからだろう。

間近に見れば見るほど美人だ。ほんの一瞬、この顔どこかの誰かに似てるな――という考えが頭をかすめたけれど、いやそれは思い違いだろう。お徳の暮らしのなかで、こんな女に縁はない。

最初に見立てたよりも、もうちょっと歳がいっているかもしれない。だが、それでもなお美しい。肌の一枚下にみずみずしい女の気のようなものが流れていて、それが漂い出てくるようだ。どうやって歳を重ねれば、こんなふうになれるのだろう。お徳などには、望んでも届かない贅沢な美しさだ。

だけど、嫌いだ。

「あんた何者なんだよ」

もう一度訊ねた。女はお徳の語気の鋭さに、いささか怖いものを感じたのか、ちょっと後ずさった。

「あたしはね、何者でもありませんのよ」

「この長屋の縁者かい？」

「いいえ、とんでもない」女は白魚のような指をひらひらさせて手を振った。「ここには足踏みしちゃいけない者ですよ。でも、いっぺん来てみたくってね。ここが壊されると聞いたので、こっそりのぞきに来たんです」

女は三度、路地の奥へ目をやり、なぜか、まぶしいものでも見るようにまぶたを細めた。

「失くなるんですのね、ここは。まあまあ、やっとねえ」

懐かしんでいるような口調ではあるが、その瞳には、お徳たちが感じているような気持ちは、かけらも映っていなかった。やっと失くなるだと？　聞き捨てならない。

しかも——何か興がっているようにも聞こえるじゃないか。

もう一度、刃物を突きつけるような鋭さで、お徳は訊いた。「あんた誰だい？」

女はお徳の顔を見ないまま、形の良いくちびるをほころばせて、そして言った。

「あたしは、そう——幽霊なんですよ」

薄気味悪いのと腹立たしいのと、いっぺんに強い気持ちが込み上がってきた。お徳は思わず手を振り上げて、女を追い払おうとした。ところがあいにく、その手には飴湯の土瓶がさげられていた。あっと思う間に、お徳は女の豪華な小菊模様の小紋の上に、飴湯をすっかりぶちまけていた。

「まあ、なんてことだろう」女はベトベトの着物と袖を見おろして、顔を歪めた。

お徳はいっぺんで高揚してしまって、わっと言葉を吐き出した。飴湯をかぶった贅沢女め。

「非道いじゃないの、どうしてくれるんだえ？」

「どうもしやしないよ！」

「この大年増、とっとと出て行け！　鉄瓶長屋は見世物じゃないんだよ！」

「何を生意気な！　あたしは——」

女は美しい目を吊り上げてお徳にかかってきたが、お徳は土瓶を盾にして凄んだ。

「飴湯で足らなきゃ、土瓶で殴ってやろうか。おまえみたいな莫連女（ばくれん）はこうしてやる！　こう、こう、こうだ！」

お徳がぶんぶんと土瓶を振り回すと、女はあれえと叫んで逃げ出した。逃げるときに前のめりになって膝をつき、飴湯に濡れた着物が土埃で真っ黒になったが、それを気にする様子もない。ひたすらに逃げて行った。

「ざまあみやがれ！」

女が逃げて行った方に向かって、お徳は盛大にあっかんべえをした。それでさあっと気が晴れた。まるで今日の空のように。

「さ、行こうかおまえさん、おくめさん」

お徳は歩き出した。あらやだ、あたしも少し飴湯をかぶったみたいだよ、甘い匂いがするじゃないか。虫が寄ってきやしないかね。

この歳になって虫がつくのも、まあいいか。お徳は思って、あっはっはと一人で笑った。

木戸番の小屋の前では、井筒の旦那が相変わらず暇そうに懐手をして待っていた。中間の小平次も、いつもながらに律儀にちんまりとくっついている。

「おう、遅いじゃねえか。炊き出しと聞いちゃ、通り過ぎるわけにはいかねえ。だがおめえ抜きじゃ始められないからな。みんな待ってたんだよ」

旦那は言って、お徳のなりを見た。

「お徳、水でもかかったのかい？　いや、そうじゃねえや、何だこの匂いは」

「飴湯だよ」お徳は得意げに胸をそらした。「幸兵衛さんの差し入れさ」

「飴湯は旦那の好物です」と、小平次が口を挟む。

「そうだよね、旦那は子供みたいなもんが好きだから。でもあいにくだね、あたし、せっかくの差し入れをまいちまった」

井筒平四郎は目を剥いた。「もったいねえなあ。何でまたそんなことをしたんだよ?」

お徳はますますそっくり返った。「薄気味悪い幽霊を追っ払ってやったのさ。旦那にも見せたかったたね」

「ふうん」と、旦那は唸った。「おまえ、すっかり元気になったようだな」

「旦那もね。さあ、みんなで炊き出しをいただきましょうよ。おっつけ佐吉さんも戻ってくるからさ」

木戸番小屋に入る前に、お徳は「はい」と言って、土瓶を小平次に差し出した。こぼれた飴湯に濡れた土瓶はベタベタで、小平次は「うへえ」と言った。

「でも、底の方にちっとは残ってますよ、旦那」

井筒平四郎は、小平次の言葉を聞いていなかった。お徳がやって来た方向に目をやっていたのだ。

「幽霊……なあ」

長い顎をかきながら、呟いた。それから、にんまり笑った。

「まあいいか。おおい、邪魔するよ」

障子戸をがらりと開ける。炊き出しの旨そうな匂いと湯気が、ふうわりと漂ってきた。

# 解説

北上次郎

河合屋の弓之助がいい。井筒平四郎に会うと、いきなりこう言うのである。

「叔父さまの眉毛と眉毛のあいだはちょうど五分ございますね。右の眉毛は八分に髪の毛一筋ほど余りますが、左の眉毛は九分ございます。右の下まぶたから三寸二分下に黒子がございまして、その黒子の径は一分にわずかに足りません」

この十二歳の少年は、なんでも計ってしまうのが癖なのである。ヘンな少年だ。井筒平四郎の妻は超美形なので、その姉の第五子であるこの少年も当然ながら美形。平四郎の妻はこの弓之助を養子に欲しがっているのだが、その動機がまたふるっている。

「なにしろ人形のようにきれいな顔形の子供でございますからね／こういう子供は、本当にたやすく人の道を踏み外してしまうものです。特に男の子でございますからなおさら危のうございます。迂闊に町場に置いておくよりは、町方役人の堅い務めを与えて、しっかりと八丁堀に根づかせてやった方が、いずれ幸せでございますよ」

で、その少年を連れてきたと思ったら、なんでも計ってしまうヘンな少年だったというわけ。「わたくしは、必ず一尺二寸の幅で歩くのです。これが基本でございます／世の中を計るというのは、とても面白いことでございますよ。計れば、ものとものとの距離がわかります」と言うので、「距離がわかって……何になる？」と平四郎が尋ねると、こんな答えが返ってくる。「ものの有りようがわかります」

もっとも、「歳は四十の半ば、ひょろりと長身、顎がこけていて目が細く、いつも髭のそり残しがあるせいで、なんだか病人みたいで風采があがらない」井筒平四郎も相当にヘンな役人だ。本所深川方の同心だが、望んで継いだ家督ではない。ひょんなことから四男の平四郎が父のお役目を継ぐことになっただけ。生来、怠け者である。さらに、「物覚えが悪い。人の顔や名前を覚えるのは大の苦手だ。しかしそれ以上に、込み入った出来事の経緯を覚えておくことはもっと苦手である」というから、やる気がないこと夥しい。子供好きでもないのに子供に好かれるのは、「これは平四郎の細君に言わせると、彼自身が子供だからだという。彼ばかりではない、広い世の中には、子供好きではないくせに子供に親しまれる大人の男というのがよくいるが、こういう手合いは皆決まって、自身が子供なのだ。つまり、子供らは仲間を見つけて寄ってくるのだ」という理由かららしい。

で、この弓之助を連れて歩くと、結構鋭いことを言うからヒントになるし、風鈴を買ってあげると邪気のない顔で喜ぶから、平四郎も「子供を持つというのがこんなに面白いことならば、もっと早くにやっておけば良かった」という気になってくる。

絶妙な人物造形といっていいが、こういう鮮やかな造形はわき役にも見られる。その第一は、額が異様に広いので「おでこ」と呼ばれる三太郎だ。回向院の茂七親分のところにいる少年だが、親分の「まだ頭がはっきりしているうちに、後々のために残しておいた方がよさそうな話の切れっぱしや人の名前、出来事のあれこれを、みんなこいつに覚えさせている」という役目で、要望に応えて、いつでも喋りだす。もっとも、話の途中で遮ると、最初から巻き戻して喋りなおさないと駄目になる。つまり、聞いた通りをそっくりそのまま順番に覚えているだけ。これも相当にヘンな少年だ。

ちなみに、回向院の茂七は、『本所深川ふしぎ草紙』第一話「片葉の芦」のときは五十歳。その後、茂七を主人公にした連作形式の捕物帖『初ものがたり』（屋台の稲荷寿司屋のその後が知りたい！）が書かれているが、本書のときは米寿。「頭の方はまだまだ達者だが、さすがに動きが鈍ってきており、ここ十年ほどは、この政五郎が万事において茂七の代理をつとめている」ということで、ここでは名のみの登場だ。本書には、茂七親分の一の手下政五郎が登場するのみである。井筒平四郎は岡っ引きを使わない役人なので、茂七の出番がないということもある。いや、もう現場を引退しているので、平四郎が頼んでも出てこないだろうが。

物語の紹介が遅れてしまった。本書はちょっと変わった構成になっている。それをまず紹介しておこう。物語の舞台は、深川の鉄瓶長屋。共同井戸の汲みかえをやったとき、その井戸の底から赤く錆びた鉄瓶が二つも出てきたところから、そう呼ばれている長屋で、地所の持ち主は、築地の湊屋総右衛門。表通りに面しているところに、八百屋や、煮売屋、魚屋、駄菓子屋などが並んでいる。住人たちを束ねているのは、煮売屋のお徳。「平四郎よりも歳上で、働き者らしく堅太りに太り、腕っぷしも強い」後家である。こんにゃくや野菜の煮染め、炊き立てのご飯でこさえた折り詰めの弁当や握り飯を売っている店で、平四郎はいつもお徳の店に寄っては時間を潰している。

で、八百屋の息子が何者かに殺され（「殺し屋」）、桶職人の権吉が博打に狂って娘のお律が売られそうになり（「博打うち」）、小間物屋の番頭の子（長助）がまぎれこんできて（「通い番頭」）、水茶屋で働くおくめが引っ越してきて（「ひさぐ女」）、壺信心がひろまっていく（「拝む男」）。井筒平四郎を狂言回しにして、鉄瓶長屋の悲喜こもごもをそうして描いていく連作集かと思っていると、この後の「長い影」という長いパートにつながっていくのである。このパートだけで全体の三分の二を占める。つまり、最初の五篇は、すべてその後に続く「長い影」の序章にすぎないという構成になっているのである。ちなみに、冒頭に紹介した弓之助も、この「長い影」になってようやく登場する。

で、最初の五篇で語られた数々の謎が、「長い影」に入って渾然一体となって展開し、井筒平四郎がそれらの謎の底にひそむ真実を解きあかしていく。宮部みゆきには、『本所深川ふしぎ草紙』『かまいたち』『堪忍箱』など、下町人情の世界を描く傑作作品集があるので、最初はこれもそれらの作品かと読み進んでいくと、本書がまぎれもなく長編時代ミステリーであることがわかってくるという仕組みなのだ。実に巧妙な構成といっていい。

ここで少しだけ本書を離れることをお許しいただいて、宮部みゆきの時代小説に話をひろげれば、実は私、『幻色江戸ごよみ』という作品集が好きである。宮部みゆきの時代小説における歩みについては、すでに当文庫の他の作品の巻末で詳細に語られているので、ここでは省くけれど、下町人情の世界、捕物帖、さらには怪異現象などを扱って、どれもが傑作といっていい。『霊験お初捕物控〈二〉天狗風』に出てくる喋るとら猫も大好きだが（だって、お初が「前に、御前さまがおっしゃってたことがあるわ。猫は人のあいだに混じって十年暮らすと、人の言葉がわかるようになるって」と言うと、このとら猫、「十年かかるヤツはただの阿呆だね」と言うんだぜ。楽しいではないか）、そういう好みの問題を措けば、この『幻色江戸ごよみ』が突出しているような気がするのである。身体の底からほんわかしてくる短編ももちろんあるが、宮部みゆきにしては珍しく、ぽんと突き放す短編も収録して、その絶妙な混ぜ具合の結果、凄味のある作品集となっている。宮部みゆきを解くキーワードの一つ「善意」が強い意思のもとに選ばれたものであることも、この作品集は逆に照射していると思う。

話を本書に戻せば、これは絶妙な人物造形と、巧みな構成のもとに練られた巧緻なミステリーである。こういう小説をせめて年に一作読むことが出来るなら、ホントに幸せというものだ。たっぷりと堪能していただきたい。

この作品は、一九九六年三月号から二〇〇〇年一月号までの「小説現代」に、掲載されたあと、加筆・訂正し、二〇〇〇年四月に単行本が刊行されました。

なお、文庫化に際して二分冊にしました。

|著者|宮部みゆき　1960年東京都生まれ。'87年『我らが隣人の犯罪』でオール讀物推理小説新人賞を受賞。'89年『魔術はささやく』で日本推理サスペンス大賞。'92年『龍は眠る』で日本推理作家協会賞、『本所深川ふしぎ草紙』で吉川英治文学新人賞、'93年『火車』で山本周五郎賞、'99年『理由』で直木賞を受賞する。また'01年は『模倣犯（上下）』がベストセラーに。著書はほかに『ステップファザー・ステップ』『初ものがたり』『誰か』など多数ある。

ぼんくら（下）
宮部（みやべ）みゆき


講談社文庫
定価はカバーに
表示してあります

2004年4月15日第1刷発行

発行者――野間佐和子
発行所――株式会社　講談社
東京都文京区音羽2-12-21　〒112-8001
電話　出版部（03）5395-3510
販売部（03）5395-5817
業務部（03）5395-3615

デザイン―菊地信義
製版――大日本印刷株式会社
印刷――大日本印刷株式会社
製本――大日本印刷株式会社

Printed in Japan

落丁本・乱丁本は購入書店名を明記のうえ、小社書籍業務部あてにお送りください。送料は小社負担にてお取替えします。なお、この本の内容についてのお問い合わせは文庫出版部あてにお願いいたします。

ISBN4-06-274752-9

# 講談社文庫刊行の辞

二十一世紀の到来を目睫に望みながら、われわれはいま、人類史上かつて例を見ない巨大な転換期をむかえようとしている。

世界も、日本も、激動の予兆に対する期待とおののきを内に蔵して、未知の時代に歩み入ろうとしている。このときにあたり、創業の人野間清治の「ナショナル・エデュケイター」への志を現代に甦らせようと意図して、われわれはここに古今の文芸作品はいうまでもなく、ひろく人文・社会・自然の諸科学から東西の名著を網羅する、新しい綜合文庫の発刊を決意した。

激動の転換期はまた断絶の時代である。われわれは戦後二十五年間の出版文化のありかたへの深い反省をこめて、この断絶の時代にあえて人間的な持続を求めようとする。いたずらに浮薄な商業主義のあだ花を追い求めることなく、長期にわたって良書に生命をあたえようとつとめるところにしか、今後の出版文化の真の繁栄はあり得ないと信じるからである。

同時にわれわれはこの綜合文庫の刊行を通じて、人文・社会・自然の諸科学が、結局人間の学にほかならないことを立証しようと願っている。かつて知識とは、「汝自身を知る」ことにつきていた。現代社会の瑣末な情報の氾濫のなかから、力強い知識の源泉を掘り起し、技術文明のただなかに、生きた人間の姿を復活させること。それこそわれわれの切なる希求である。

われわれは権威に盲従せず、俗流に媚びることなく、渾然一体となって日本の「草の根」をかたちづくる若く新しい世代の人々に、心をこめてこの新しい綜合文庫をおくり届けたい。それは知識の泉であるとともに感受性のふるさとであり、もっとも有機的に組織され、社会に開かれた万人のための大学をめざしている。大方の支援と協力を衷心より切望してやまない。

一九七一年七月

野間省一

講談社文庫　目録

2004年3月15日現在